유진월 희곡집 · 1

불꽃의 여자 나혜석

유진월 희곡집·1
불꽃의 여자 나혜석

평민사

차 례

그 동안의
투박한 모든 말들
그 속에 진실이 남아있기를 바랄 뿐이다

안개비 속으로 꽃잎 하나 떨어진다
그리고 하염없이,
봄날은 간다

— 유진월

재출간을 하면서

다섯 편이 모두
1990년대 중후반에 쓴 작품들이다
20년이란 긴 세월이 흘렀고 아쉬움도 있지만
수정은 하지 않았다
오래 전의 기억들이 가진 나름의 빛깔을
그대로 두기로 했다

또다시 하염없이,
봄날은 간다

2019 유진월

불꽃의 여자 나혜석

등장인물

나혜석
김우영
최 린
여자들 (나열 / 경석 처 / 여자 1,2,3)
남자들 (경석 / 비서 / 양로원 직원)

시 대

나혜석이 동경 유학하던 1910년대
말부터 1948년 죽음의 순간까지.

1. 서시

어둠 속에서 혜석의 시가 들리면서 차츰 밝아진다.

혜석의 목소리　나는 인형이었네
아버지 딸인 인형으로
남편의 아내 인형으로
그대의 노리개였네

노라를 놓아라
순순히 놓아다고
높은 담벽을 헐고
깊은 규문(閨門)을 열고
자유의 대기 중에
노라를 놓아라

나는 사람이라네
남편의 아내 되기 전에
자녀의 어미 되기 전에

첫째가 사람이라네

나는 사람이로세
구속이 이미 끊쳤도다
자유의 길이 열렸도다
천지의 힘은 넘치네

아아 소녀들이여
깨어서 뒤를 따라오라
일어나 힘을 발하여라
새날의 광명이 비쳤네

2. 그 여자

동경, 혜석과 우영의 데이트.

우 영 자, 이쪽으로 앉으세요. 동경의 야경이 제법 볼 만합니다.

혜 석 근사하군요. 사물은 멀리서 보는 게 훨씬 아름다울 때가 있어요.

우 영 사람도 그런가요?

혜 석 경우에 따라서는요.

우 영 혜석 씬 가까이서 보니 훨씬 아름다우신 걸요.

혜 석 농담도 하세요?

우 영 진담만 말하죠.

혜 석 유머가 없는 분인 줄 알았어요. 변호사란 직업에 대한 선입견이었나요?

우 영 오늘은 변호사가 아닌 자연인으로, 한 여성을 흠모하는 남자로만 봐주십시오.

혜 석 그 두 가지가 많이 다른가요?

우 영 예상대로군요. 혜석 씰 만나는 일이 많이 설레고 기대되었지만 염려도 되었습니다. 동경의 모든 유학생들이 모이기만 하면 혜석 씨 얘길 하는 데다가 그 재기발랄함과 자신감이 만만치 않다기에 말이지요.

혜석 여학생이 드물다 보니 공연히 이름이 오르내리는 거겠죠.

우영 모든 여학생이 관심의 대상이 되는 건 아닙니다. 나혜석이란 여성만이 오늘의 조선을 대표하는 존재죠.

혜석 듣기 좋으라고 하시는 말씀으로 듣죠. 그렇지만 그 이름이란 건 그만큼 책임도 무거운 법이죠.

우영 하기야 동경에 와 있는 조선 젊은이들은 다들 나랄 다시 일으킬 무거운 짐을 하나씩 지고 있다고 할 수 있겠죠. 그 무게와 모양은 조금씩 다르겠지만요.

혜석 전 그림을 전공으로 하고 있지만 여성에 대한 공부를 더 하고 싶어요. 남성보다도 더 고통스런 짐을 지고 살아가는 게 조선 여성들이잖아요.

우영 얼마 전 『학지광』에서 혜석 씨가 쓴 「이상적 부인」이란 글을 봤습니다. 현모양처에 대한 반론을 제기하셨더군요.

혜석 여잘 노예로 만들고 남자의 부속물로 삼으려는 게 현모양처론이죠. 남자들이 말하는 것처럼 그게 그렇게 좋은 거라면 왜 현부양부론(賢父良夫論)은 없겠어요?

우영 유학생들이 자주 가는 술집이며 찻집에는 혜석 씨하고 결혼하고 싶다는 낙서가 즐비하다는데, 아마 당신 의견에 모두들 찬성하는 모양이죠.

혜석 연애하는 동안에는 모든 걸 다 해줄 듯하다가도 결혼만 하면 오랫동안 몸에 밴 가부장제 의식이 나오는 게 조선 남자들이죠. 전 그런 낙서들보다는 공론화된 토론이 더 마음에 들어요.

우영 사고와 행동을 같이 할 수 있는 혜석 씨가 참 대단하다고 생각

합니다. 말로만 이상을 외치는 건 사실 어렵지 않거든요. 기미
년에 감옥살이를 한 것도 그렇구요. 그땐 정말 변호사로서 혜
석 씰 위해 뭔가를 하고 싶었는데, 한발 늦었습니다.

혜 석 극한 상황에 처해 보니까 견딜 힘이 생기더군요. 손가락을 깨물
어서 피를 내어 편지를 쓰고, 짧은 운동 시간에는 용수를 쓰고서
도 어떻게든 서로 소식을 전하고…… 한 반 년 그렇게 지내는 동
안 사람이 마음만 먹으면 못할 일이 없구나, 그런 걸 깨달았죠.

우 영 혜석 씨다워요. 그 동안 이런 만남을 많이 기다렸는데, 통 소식
을 주시지 않더군요.

혜 석 생활이 워낙 정신이 없어서요. 오빠는 자주 만나시죠?

우 영 경석 군은 늘 그렇죠. 혜석 씨하고 잘 지내보라고.

혜 석 오빠 항상 제 보호자 노릇을 하려 들죠.

우 영 경석 군의 허락이 부모님의 허락과 같은 거라고 생각해도 되겠
습니까? 실은 혜석 씨와의 결혼을 생각한 지가 오래됐습니다.

혜 석 중요한 건 제 생각이죠. 아직은 결혼 생각 없어요. 하고 싶은
일들이 너무 많거든요.

우 영 무엇이든 원하는 일을 하세요. 그림이든 글쓰기든 사회활동이
든, 모두 도와드리겠습니다.

혜 석 말씀은 고맙지만, 여자도 자기 힘으로 뭔가를 할 수 있다고 생각
하고 있어요. 그리고 그걸 나 자신에게 확인시키고 싶구요. 그래
야만 제가 하는 일에 신뢰감을 가질 수 있을 테니까요.

우 영 제가 있다는 걸 잊지 마세요. 언제까지든 기다리겠습니다. 자,
이제 그만 식사를 하러 가시죠. 혜석 씰 위해서 특별한 저녁을
주문해 두었습니다.

3. 여자의 길

혜석의 사회활동, 당시 여성들의 삶과 대비시킨 강연 등.

혜 석 지금까지 우리 조선 여성은 봉건적인 사회 속에서 자신의 이상을 가지지 못하고 살아왔습니다. 자신의 개성을 발휘하면서 주체적으로 살려는 여성이야말로 진정한 이상적 부인이라 생각합니다. 여자도 사람입니다. 이제 우리 여자도 사람답게 살아야 하고 미래에 대한 희망과 욕심을 가져야 합니다. 사람답게 사는 것, 그것이야말로 여자의 신성한 의무이자 사명입니다.

여자1 편지가 왔어. 내 편지래요, 평생 처음 받아보는 내 편지. 이봐요. 이게 정말 내 이름 맞나요?

혜 석 김. 점. 례.

여자1 맞아요, 내 이름이에요. 내 이름 맞아요. 남편이 대체 웬 바람이 불었대요. 나한테 편지를 다 하구. 늘 무식하다고 핀잔만 하고 방학 때 동경서 와도 소 닭 보듯 하던 사람이. 아, 그래도 날 그렇게 미워한 건 아니었나 봐요. 그렇죠?

혜 석 어서 읽어 보세요.

여자1 저, 실은 글 읽을 줄…… 몰라요.

혜 석 읽어드릴게요.

여자1 그래도, 남의 서방 편질 어떻게 사람들 다 있는 데서……

혜 석 작은 소리로 읽어드릴게요. 자, 어서 주세요.

여자1 그럼, 조그맣게 읽어줘요.

혜 석 우리가 결혼한 것은 전혀 자의로 한 것이 아니요……

남자의 목소리 우리가 결혼한 것은 전혀 자의로 한 것이 아니요, 부모의 강제, 강제로 한 것이니 곧 타의에 의한 것이라. 요즘의 개화한 세상에선 그런 결혼은 무효이니 우리의 결혼은 아무런 효력이 없도다. 그러므로 우린 서로 헤어져 각자 자기의 갈 길로 가는 것이 합당한지라. 나는 여기서 신여성을 만나 새로운 삶을 시작하였으니 그대는 모쪼록 그대 갈 데로 갈지어다.

여자1 대체 그게 뭔 소리래요? 남편이 신여성하고 살림을 차렸단 말이에요? 그러면서 날더런 갈 데로 가라고? 갈 데, 어디? 갈 데가 어딨어요? 어디로? 대체 어디로 가란 말이에요? 이봐요, 동경이란 데가 조강지처 버리고 신여성이랑 살아라, 그런 거나 배우는 데래요? 못 가요, 난 못 가, 한번 시집가면 그 집 귀신이 되는 거다, 난 그렇게 알고 왔어요. 난 몰라요, 난 뭔 소린지 하나두 모르겠네. 난 무식해서, 배운 사람들 하는 소리 몰라요. 못 알아들어요. 난 이 편지 못 봤어요. 난 글 모른다구요. 몰라요, 몰라.

혜 석 남편은 아낼 버림으로써 근대적인 선각자가 되는 영옐 얻고, 무식한 아낸 살 방도를 찾지 못하고 쫓겨난다? 이 땅에서 우리 여성은 언제나 그렇게 살아왔죠. 인간으로서의 존엄성이란 없이 언제나 힘으로, 물질로, 정신으로 착취당하면서 말예요. 남편들은 동경유학까지 갔지만 집에 남은 여성들은 여전히 봉건제도 속에서 여필종부로 살고 있으니까요. 그러나 신학문을 배운 여자라고 해서 별다른 길이 있는 건 아닙니다.

여자2 부르셨어요, 아버지?

남 자 김판서 댁에서 혼사가 들어왔다.

여자2 그 바람둥이 집안으론 안 가요. 김판서라는 양반이 첩이 셋에다 여기저기 기생들하고 노는 게 일이라던데 그 아들도 뻔하겠죠.

남 자 이런 못난 것. 남자가 축첩하는 건 능력이다. 돈 있고 세도 있는 집안 남자라면 당연한 게지. 여자가 투기하면 못 쓴다.

여자2 아버지, 전 그렇겐 안 살아요. 못 살아요.

남 자 그 집에 가면 평생 고생 안 한다. 너 동경 가서 바람들어 왔다고 혼삿말도 귀한데, 이만한 자리도 어렵다. 요즘 세상엔 여자가 배우는 게 흠이야, 그저 얌전하게 있다가 시집 잘 가는 게 미덕이지.

여자2 남편 바람 피는 거 다 참아가면서 비단치마 늘이고 사는 게, 그게 무슨 호사래요. 전 싫어요.

남 자 마누라 있는 유학생 첩살이나 하고 싶어 이러는 게야?

여자2 아버지, 그 사람 이혼한댔어요. 제발, 결혼 허락해 주세요.

남 자 조강지처 이혼시킬 부모는 없다. 넌 그놈 따라다니다간 영원히 첩살이야. 안방 차지하고 앉아서 호강하고 살 테냐, 갖은 구박

받으면서 첩살이 할 테냐.

여자2 아버지!

남 자 잔말 말고 넌 그저 이 애비가 시키는 대로 해.

여자2 차라리 배우지 않았더라면, 그저 이게 내 운명이려니 하고 살
련만, 어쩌면 좋아요. 여자의 길이란 게 아버지한테 얹혀 살다
가 시집가서 남편한테 종노릇하고 밥이나 얻어먹는 것, 그뿐인
가요?

혜 석 남성뿐만이 아니라 여성에게도 인간적인 권리가 있습니다. 사
랑하는 사람과 결혼하고자 하는 것은 인간이 누려야 할 당연한
권리입니다.
이제 우리 여성도 새로운 운명을 개척하기 위해 나설 때입니
다. 활동하는 사람에게는 실패도 있고 성공도 있을 것이며 또
한 승리와 희생이 따를 것입니다.

여자3 사랑하는 사람……. 하지만, 당신은 너무 멀리 있군요.

남 자 이런 딱한 것 같으니. 노류장화 주제에 웬 순정은.

여자3 그리운 당신, 언제 제게로 오실 건가요.

남 자 내 마음은 언제나 네 곁에 있단다.

여자3 마음을 보여 주세요. 내일이라도 당신이 제 곁에 오신다
면…….

남 자 난 바빠요. 정신이 없지.

여자3 날마다 당신 꿈을 꿔요. 당신이 제게로 오시는 꿈.

남 자 공부해야지, 가업 돌보라고 아버진 성화시지.

여자3 어째요, 나 어째요. 당신 땜에 깊이 병든, 날 어째요.

남 자 게다가 집에 가면 날 바라보고 있는 여자가 셋이나 되니.

여자3 당신은 아내에 첩까지 있는 사람, 나 같은 건 잊은 지 오래겠죠.

남 자 조혼한 마누라는 자기한테 잘 안 해준다고 늘 잔소리지.

여자3 당신 사랑을 받을 수 없다면, 다신 당신을 만날 수 없다면 차라리 죽어버리겠어요.

남 자 동경서 만난 여잘 첩으로 앉혀 놨더니 마누라랑 하는 짓이 똑같애. 배운 여자나 못 배운 여자나 하는 짓이 정말 똑같다니까.

여자3 난 늘 죽는 생각을 해요.

남 자 그래, 할 수 있니, 새 여잘 또 하나 들였지, 아주 어린 계집으로 말야.

여자3 나 죽으면 누가 날 위해 울어줄까.

남 자 요즘은 고거 보는 재미루 살지.

여자3 누가 내 무덤을 만들어 주고 잡촐 뽑아줄까.

남 자 그러니 내가 너 같은 거 생각할 틈이 어디 있겠니. 날 잊어야지.

여자3 잡초가 무성한 곳에 묻혀서도 당신 계신 곳을 향해 피어나는 작은 꽃 한 송이가 있으면 그게 전 줄 아세요. 난 가요. 당신 사랑한 마음, 그 안타까운 사랑을 이대로 간직하려고 난 가요.

혜 석 기생 강명화의 죽음, 이 땅에서 사랑에 모든 걸 걸 수 있는 용기 있는 여잔 어쩌면 기생밖에 없을지도 모릅니다. 그렇지만 죽음으로 도피한 건 슬픈 일이지요. 여잘 여럿 거느리는 걸 능력으로 내세우는 세상, 그런 남자들을 뒤따르라는 남존여비, 삼종지도를 강요당하는 조선 여성들, 우리의 어머니들이 걸어온 길을 뒤따라올 수많은 소녀들이 진정 사람으로 살아갈 수 있도록 제가 앞장서겠습니다. 벼락을 맞아죽든지 진흙에 미끄러져 망신을 당하든지, 하여튼 나가볼 작정입니다. 미끄러져서 머리가 터지는 한이 있더라도, 한 발자국도 내딛지 못하고 나자빠지더라도, 난 이 두꺼운 봉건의 벽에 맞서보려고 합니다.

혜석이 다른 강연장으로 가듯 바쁜 걸음을 재촉한다.

4. 결혼 – 출발 혹은 타협

〈동아일보〉

소 리 1920년 4월 10일, 서울 정동 예배당에서 동아일보 창간 발기인
이자 변호사인 김우영 군과 여류 화가 나혜석 양의 결혼식이 있
으니 많이 참석하여 두 사람의 앞길을 축하해주시기 바랍니다.

팔짱을 낀 우영과 혜석이 객석에서 무대로 입장하듯 들어온다. 객석
을 향해 허리를 굽혀 인사를 한다. 관객은 박수를 쳐서 그들의 결혼
을 축하한다.

우 영 오늘을 위해 자그마치 6년을 기다렸소.

혜 석 이젠 당신의 충실한 아내가 되겠어요. 그리고 당신은 세 가지
를 약속해 주세요.

우 영 말해 봐요.

혜 석 영원히 변치 않고 날 사랑할 수 있나요?

우 영 물론이오. 당신의 모든 것을 사랑하고 이해하겠소. 어떤 어려
움이 있더라도 당신에 대한 사랑은 변치 않을 거요. 달콤한 것
뿐 아니라 쓰고 매운 것까지 모든 것을 사랑으로 이겨낼 자신

이 있소.

혜 석 그리고 그림은 내 인생에서 가장 중요해요. 그림을 계속할 수
없다면 아마 난 살 수 없을 거예요.

우 영 그림을 뺀 당신은 나 또한 상상도 할 수 없소. 당신의 믿음직스
러운 후견인이 되겠소.

혜 석 그리고 마지막으로, 시어머니나 당신의 전실 자식들하곤 같이
살지 않겠어요. 그림 그리고 글 쓰는 데는 신경이 분산되면 안
돼요.

우 영 그 아이들은 내 따로 키우도록 하겠소. 어머니도 아직은 누이
들과 함께 계시니. 그렇지만 더 연로하시면 모셔야 해요.

혜 석 고마워요.

우 영 당신 참 대단한 여자요. 조선 땅에서 결혼에 조건을 내건 여자
는 아마 당신이 처음일 거요. 어쨌든, 나하고 결혼한 이상 당신
이 꿈꾸는 그 모든 것은 가능해질 거요. 자 이리 와요. 내 사랑.

열정적으로 포옹하는 우영과 어색하고 내키지 않는 혜석.

5. 모된 감상기

혜석이 그림을 그리고 있다. 유화물감 냄새에 구토를 한다. 그 와중
에 그림에 물감이 튀고 망가진다. 혜석, 우울해진다. 원망스럽게 자
신의 몸을 내려다본다. 그림을 다시 그리려고 한다. 물감 냄새가 역
겨워 다시 구토.

우 영 (들어오면서) 좀 쉬어요. 이러다 애기가 뱃속에서 일부터 배우겠
　　소.

혜 석 전시회가 얼마 안 남았어요. 화가로서 제대로 평갈 받고 싶어
　　요. 그까짓 최초의 여성화가란 이름 따윈 필요없다구요. 정말
　　로 그림을 잘 그리는 화가로 남는 거, 그게 중요해요.

우 영 좀 천천히 하면 될 일을…….

혜 석 이렇게 빨리 애가 생길 줄 몰랐어요.

우 영 결혼하면 애가 생기는 게 당연하지. 그것도 몰랐소?

혜 석 해야 할 일은 태산인데 앞길이 탁 막혀서 제대로 할 수 있는 게
　　아무것도 없어요. 당신이 어떻게 알겠어요. 이런 아득한 내 맘
　　을 짐작이나 하겠냐구요.

우 영 그러니 좀 쉬어가면서 하라는 거지.

혜 석　그림을 그릴 수도 없고, 이젠 글도 써지지 않아요. 아무 것도 할 수가 없어. 왜 이렇게 신경이 예민해지고 냄새, 맛, 소리, 모든 게 다 싫어지는지.

우 영　당연하지. 생명이 생기는 크나큰 일인데 왜 안 그렇겠어. 덕분에 당신이 좀 쉽게 되었으니 얼마나 고마운 아이요.

혜 석　저리 비켜요. 당신도 아이도 모두 원망스러워요. 그 많은 일들을 다 어쩌구. 낳기 전부터 이렇게 아무 것도 못하게 하니.

우 영　아이가 당신을 방해한다고 생각지 말아요. 아이가 당신을 행복하게 해줄 거요. 당신은 누구보다 잘 할 수 있어요.

혜 석　다들 그렇게 말하죠. 여자라면 누구든지 아일 낳고 잘 키울 수 있다구요. 하지만 이제 그게 얼마나 허황된 말인지 알겠어요.

우 영　이렇게 답답하긴.

혜 석　나도 괴롭다구요. 왜 아이보다 일이 더 중요하게 생각되는지 나도 모르겠어요.

우 영　정말 왜 이렇게 유난을 떠는지 모르겠군. 결혼하면 임신하고 아일 낳기 마련인데, 제발 유별나게 굴지 좀 말아요.

혜 석　그런 게 아니야. 아니야……

우 영　그런 게 아니라니. 아, 이제 알았어. 하기야 그 폐병쟁이 최승구한테 사랑이란 사랑은 다 쏟아 부었으니 나한테 줄 사랑이 남아 있을 턱이 없지. 나에 대한 애정이 없다는 거, 모든 문제는 거기서부터 출발하는 거 아닌가? 만약 뱃속의 아이가 최승구 애였다면 당신, 아, 그만두지.

혜 석　왜 이래요? 신혼여행 때 그 사람 무덤에 가서 비석 세워준 일 잊었어요? 그 사람에 대한 마음을 완전히 정리한단 의미에서 굳이 당신하고 함께 갔었잖아요.

우영 그땐, 내가 미쳤지. 내가 뱉도 없는 미친놈이야. 그렇게 싫으면 그만둬. 애가 무슨 문제고 임신이 무슨 대수야! (화를 내며 퇴장)

혜석 아무리 설명해도 당신은 내 맘을 몰라요. 여자가 아니고선 절대로 알 수 없다구요.

마음을 다잡고 캔버스 앞에 앉아 그림을 그리려고 한다. 그러나 물감 냄새에 구토를 견디지 못하고 뛰쳐나가는 혜석. 다시 들어오다가 못마땅한 표정으로 바라보고 되돌아서는 우영.

전시회.

여자들이 그림을 들고 들어온다. 몇 번의 등퇴장으로 무대에는 그림들이 가득 차고 만삭의 혜석이 다소 안정된 모습으로 한쪽에 선다. 손님에게 인사하거나 담소하는 모습.

여자들 나혜석 씨가 개인전을 한대요.
출산이 낼모레 같든데, 아녜요?
왜 아니에요. 대단해요, 그 몸으로.
그이가 기미년엔 옥살이까지 한 당찬 여자 아니에요. 그 정돈 약과지 뭐.
개인전에다 유화전으론 경성 최초라고 아주 요란해요.
매일신보에 보니까 어젠 4,5천 명이나 몰려들었대요.
여자라도 그 정도 화려하게 산다면 뭐 남자가 부러울까.

남편이 더 대단해요. 조선 땅에서 그렇게 자기 아낼 존중하고 헌신적으로 외조하는 남자가 그이말고 또 어디 있겠어요.

복도 많지, 여자 팔잔 뒤웅박 팔자라더니. 누군 무슨 복에 그런 남편 만나서 세상에 이름 떨쳐가면서 살고 누군…….

암전.

차츰 밝아지면서 혜석의 출산 장면.

혜 석　오직 혼자 겪어내야 할 '출산' 이란 경험. 이 세상에 내 고통을 알아줄 이가 아무도 없다는 처절한 외로움으로 가슴이 저며왔 습니다.

아일 낳으러 방으로 들어가면서 저 고무신을 다시 신을 수 있을까 싶어서 몇 번씩 댓돌을 돌아다 보았다는 어머니들의 얘기가 떠올랐습니다. 누구도 함께 할 수 없고…… 나눌 수도 없는, 완전히 혼자서만 짊어져야 하는 고통의 시간을 절절히 참아가면서 우리 어머니가 날 낳으셨고, 그리고 외할머닌 또 그렇게 어머닐 낳으셨고 또 외증조할머니가 할머닐 낳으셨고. 또, 또, 또……, 아니 아니, 이제 내가 아일 낳듯이 내 딸이 또 다른 아일 낳을 것이며, 그 아인 또다시 다른 아일 낳을 것이며…….

터져 나오는 아기의 울음소리, 생기 있고 맑은.

혜 석　생명을 세상에 내보내는 놀라운 체험. 죽을 것 같은 고통 뒤에

만난 생명체, 작은 손과 발을 꼬물거리며 소리를 내어 자길 주장하는 생명, 그 신비로움, 경이로움. 난 생명에의 경외감으로 몸이 떨렸습니다. 작은 배냇저고릴 만지며 그 옷을 입게 될 생명을 느껴보곤 했는데, 아아 어쩌면, 아기는 배냇저고리보다도 훨씬 작았습니다. 그 작은 것이 살아 있다니요, 어떻게 상상이나 했겠습니까. 살아 움직이는 그렇게 작은 '사람'이라니요.

우영의 소리 우리 딸의 이름은 김나열(金羅悅)이라고 짓겠소. 김우영과 나혜석의 기쁨이란 뜻이지. 하하하.

혜 석 아일 기르면서 비로소 사랑하는 마음이란 것이 조금씩 생겨나더군요. 그 작은 몸이 백일이 지나고 돌이 지나면서 무럭무럭 커갈 때의 기쁨. 내 가슴을 제멋대로 잡아당기며 소유를 주장하는 생명체. 아, 일이 아니라면 아일 마음껏 사랑할 수 있으련만.

글 쓰는 혜석.

혜 석 모든 걸 아이하고 나눠야만 하는 게 여자의 운명인가 봅니다. 그림은커녕 잠 한숨 편히 잘 수 없게 하는 아이, 자길 바라보는 일 말고는 아무 것도 할 수 없게 하는 아이. 아, 그럼 안 되는 줄 알면서도 조금씩 아이가 미워졌습니다.

아이가 소중하지 않다는 게 아냐. 그렇지만, 그렇지만 나한텐 그림 그리는 일이 있어요. 아이 때문에 날 포기할 순 없어!

남자의 소리 '모(母)된 감상기'라. 어머니된 마음이 뭐라구? 자식은 어미의 살점을 떼어가는 악마? 이런 지독한 여자 같으니. 새로운 사상을 따르는 신여성이 되려면 이렇게 모성을 부정해야만 합니까? 여자한테 에미되는 일보다 더 귀한 일이 대체 어디 있단 말이오?

혜 석 그 괴로운 마음을 글로 발표하고 나니 난 세상에 다시없는 악독한 엄마란 또 하나의 명성을 얻게 되었습니다. 조선 땅에서 한 번도 얘기된 적이 없는 모성의 문젤 공적인 토론의 장으로 끌어냈지만, 돌아오는 건 냉혹한 손가락질과 비난뿐. 욕 먹는 일, 조선의 배운 여자로서 응당 받아들여야 할 일입니다. (의연하게 그러나 두려움에 차서) 두렵지 않아요.

6. 만주 안동현 시절

우 영   (들어오며) 여보, 어딨소?

혜 석   식단을 짜고 있어요.

우 영   이걸 봐요. 조선미술전람회 공모에 관한 기사가 났어요.

혜 석   거기 두세요. 이따가 볼게요. 이번 모임엔 50인분을 준비하라고 했죠? 술은 뭘로 준비하죠?

우 영   공모에 관한 기사라니깐. 요즘 그리던 작품이 여기 출품하려던 거 아니었소? 밤 새워가며 그림을 그리지 않았느냐구.

혜 석   이번 기회에 우리 동포들 취직 좀 시켜줘요.

우 영   여보! 난 지금 그림 얘길 하고 있는 거요.

혜 석   다음 주엔 일본 손님들이 온다고 했죠? 싱싱한 생선을 구할 수 있을지 몰라. 더군다나 그 사람들한텐 신셀 단단히 졌는데. 지난번 황옥 사건 때 우릴 도와줬잖아요.

우 영   황옥 사건 얘긴 꺼내지도 말아요.

혜 석   조선총독불 폭파하려던 사람들을 숨겨주고 집에서 총기하고 폭약이 무더기로 나왔는데도 우릴 변호해 주다니…….

우 영   그 일은 이미 다 지난 일이요. 다신 그렇게 위험한 일에 끼어들지 말아요. 당신은 화가요.

혜 석 …….

우 영 당신은 화가란 말이오. 그걸 잊었소?

혜 석 외교관 김우영의 부인 아닌가요? 각종 연회 준비하고 교양 있
는 미소 지으면서 손님을 접대하는 주부요. 게다가 세 명의 어
린애들과 하루종일 씨름해야 하는 어머니에.

우 영 그것도 중요하지만 난 당신이 화가이길 더 원해.

혜 석 나보다, 나보다 더 원하나요? 난 제대로 하고 싶어요. 보잘것없
는 그림을 가지고 잘난 척하면서 살아가는 내 모습이 환멸스럽
다구요.

우 영 여보.

혜 석 그 장단에 춤을 추는 당신도 마찬가지구요. 당신의 진심은 대
체 뭐죠? 난 장식품이 아니에요. 당신을 위해서 화가 나혜석이
가 존재하는 게 아니라구요.

우 영 그래, 물론 날 위해서 당신이 존재하는 건 아니야. 그러나 그
잘난 명성에 목을 매고 있는 건 당신이야. 잠시라도 언론이든
사람들이든 관심을 가져주지 않으면 서운해 하는 게 누구지?
그건 당신이잖아.

혜 석 대단한 언론, 대단한 김우영, 그리고 그 속에서 오르락내리락
하는 존재가 바로 나죠. 그래요, 난 정말 하찮은 존재죠. 앞으
로도 그렇게 살아갈 수밖에 없다면요.

우 영 이해할 수 없군. 내가 이 이상 얼마나 더 당신한테 헌신해야 하
는지 정말 모르겠어. 사실 연회 때마다 나보다 오히려 당신이
더 주인공 노릇을 하지 않았냐구? 날 위해서 뭘 희생한 양 굴지
말아요.

혜 석 당신 손님들 하나도 반갑지 않아요. 촌구석에서 진실이라곤 손톱만치도 없는 사람들이 모여서 공연히 아는 척이나 하고. 난 그런 모임은 구역질이 난다구요.

우 영 뭐야? 이 모든 건 내 일이고 내 생활이야. 내가 당신을 존중하는 것처럼 당신도 날 존중해야 해.

혜 석 당신은 다를 줄 알았는데 다른 남자들하고 똑같아요. 그만해요. 결국은 내 탓이에요. 조선 여자가 얼마나 더 다르게 살 수 있겠어요.

우 영 그 이기적이고도 끝이 없는 자아실현, 넌더리가 나는군. 그놈의 잘난 예술을 위해서 영혼이라도 팔아먹을 여자야, 당신이란 여잔.

혜 석 그래요. 난 내가 만족할 수 있는 한 장의 그림을 위해서라면 당장이라도 그렇게 할 거예요.

우 영 난 점점 아낼 감당할 수가 없었습니다. 아내의 완벽한 성격은 집안 일도 육아도 내조도 모두 빈틈이 없었습니다. 문제는 아내가 그 안에서 행복하지 않다는 것이었습니다. 그리고…… 그런 모습을 보는 나 또한 행복하다고 말하긴 어려웠습니다. 하지만 난 노력했습니다.

우 영 (사이) 그만합시다. 당신은 잘하고 있어.

혜 석 당신이 좋은 사람인 거 알아요. 당신한테 심한 말 한 거, 당신 믿고 그러는 건 줄, 당신 알죠?

우 영 알고 말고. 실은 당신한테 줄 선물이 있는데. 당신, 새로운 세상을 구경하고 싶다고 했지? 불란서 파리요. 당신이 그렇게 꿈 꾸던 파리에 갈 수 있게 됐다구.

혜 석 그게 정말이에요?

우 영 만주에 와서 6년 동안 고생한 보람이 있소. 일본 외무성에서 우리 부부한테 위로여행을 주선한다는구려. 조선 최초의 부부 동반 구미여행, 자 어떻소?

혜 석 아아 여보, 고마워요. 당신 정말 대단해요. 새로 시작할 수 있 을 거야. 그렇죠? 아, 마치 열여덟 살로 돌아간 기분이에요. 처 음 동경에 갈 때처럼! 여보, 정말 고마워요.

우 영 젖먹이까지 포함해서 아직 어린 세 명의 아이들, 그리고 언제 돌아가실지 모르는 늙으신 어머니, 초라한 조국. 이 모든 게 마 음에 걸렸지만, 우린 잠시 그 모둘 잊기로 했습니다. 그보다, 난 이번 여행에 우리의 결혼 생활 모두를 걸었습니다.

7. 구미만유 – 새로운 열정

여행길에 오르는 두 사람, 화려하고 희망에 부푼 모습.
파리를 의미하는 샹송이 흐르는 가운데.

우 영   제 아내 나혜석입니다. 최린 선생님께 인사드려요. 민족 대표
33인 중 한 분이시고 손병희 선생과 함께 천도교를 이끌고 계
신 분이오.

혜 석   처음 뵙습니다.

최 린   반갑습니다, 조선 최고의 화가라고 명성이 높더군요.

혜 석   별 말씀을요.

우 영   실은 이 사람도 3·1운동 때 6개월간 옥고를 치렀답니다.

최 린   동지를 만나다니, 더욱 반갑군요. 하기야 지난 번 조선총독부
폭파 사건에는 황옥의 공범으로 구속까지 되지 않았습니까. 과
연 조선을 대표할 만한 당찬 여성입니다.

우 영   그땐 정말 아찔했죠. 이 사람은 늘 저를 긴장시킨답니다.

최 린   하하하. 서로 긴장감을 준다는 건 굉장히 매력적인 일이지요.

우 영   지금은 조선대표사절단으로 유럽을 돌아보는 중이시죠?

최 린   그래요. 신문에 조선 최초의 부부동반 구미만유라고 났습디다.

두 분 참 대단해요.

우 영 일년 반 정도 예정으로 유럽과 미국을 돌아보고 부족한 공불 좀 하려고 큰 결심을 했습니다.

최 린 많은 걸 배우고 돌아가 큰일들 하세요. 나와서 보니 조선의 현실이 더 안타깝기만 합니다.

혜 석 정말 이번 여행에서 해답을 찾아야 할 문제들이 많아요.

최 린 어디 아름다운 화가분의 고민을 좀 들어볼까요?

혜 석 사람은 어떻게 사는 게 옳은 건지, 그리고 남녀간에는 어떻게 화합해서 잘 살 수 있는지, 구미 여자의 지원 어떠하고 미술의 본질은 무엇인지, 이 네 가지가 요즘 절 사로잡고 있는 문제랍니다.

최 린 혜석 씨 삶의 궁극적인 질문들이군요. 헌데 유럽을 돌아보니 어떻든가요?

혜 석 전 특히 여성의 지위가 인상적이었습니다.

우 영 이 사람은 여권론자입니다. 남편 노릇 하기가 여간 힘든 게 아닙니다.

최 린 그래도 우영 군이 좀 참아야 할 겁니다. 조선엔 진보적인 여성이 많이 필요하거든요.

혜 석 여성의 힘은 위대하다고 생각해요. 아마 문명이 발달할수록 문명을 지배할 자는 여성일 겁니다. 그런데 우리 조선 여성들은 그걸 자각하지 못하고 있으니 안타깝죠.

최 린 혜석 씨 같은 신여성들이 조선 여성을 위해 할 일이 많지요.

우 영 함께 조선을 떠나오긴 했지만 전 법률 공부 때문에 백림에 가야하고, 이 사람은 여기 남아야 하는데 걱정이 큽니다. 폐를 끼치는 줄은 알지만 선생님께 아내를 좀 부탁드려도 되겠습니까.

최 린 부탁이라니요, 이국 땅에서 조선의 멋진 여성을 만났는데 도리어 즐거운 일이지요.

우 영 그럼 선생님만 믿고 저는 내일이라도 당장 떠나겠습니다.

며칠 후.

혜 석 루브르 미술관은 몇 번째 왔지만 올 때마다 숨이 막혀요.

최 린 거장들의 작품을 보는 게 많이 도움이 되겠지요. 구미여행 중에 특히 인상적인 일은 뭐지요?

혜 석 스위스에서 이왕 전하를 뵈었을 때가 제일 생각나요. 군축회담 건으로 각국 인사들이 모였는데 전하께서 조선인들을 위해서 만찬을 열어 주셨지요.

최 린 방자 여왕과 결혼하신 후 신혼여행 중이셨지요.

혜 석 전하께서 제게 그림을 그려달라고 하셨어요. 영광스러운 일이지만 여길 와보니 통 그림 그릴 엄두가 나질 않아요. 조선 땅에선 그나마 화가 소릴 들었는데, 피카소니 마티스니 위대한 화가들의 그림을 보니 부끄럽기만 해요.

최 린 부족한 자신을 깨닫는 것도 좋은 일이지요. 그러나 그것에 자극을 받아 자신을 뛰어넘어야겠지요.

혜 석 야수파 화가인 비시에르 선생님 화실에서 공부를 하고 있지만 초조하기만 해요. 고작 몇 달 배우고 돌아가야 하니, 맛만 보는 셈이지요.

최 린 혜석 씨는 조선 화단에 소중한 사람이니 열심히 하세요.

혜 석 선생님이야말로 서화에도 능하시고 가야금이며 궁술, 바둑에 이르기까지 취미가 상당하시다면서요. 제 남편은 다 좋은데 예술적 조예가 부족하거든요.

최 린 우영 군 같은 사람이 좋은 남편감이지요. 내일은 프랑스 가정을 구경시켜 드리죠. 살레 교수라고, 다음달에 브뤼셀에서 세계약소민족 대회가 열리는데 살레 씨 주선으로 거기서 연설할 예정입니다.

혜 석 제네바 군축회의에 맞서 열리는 대회라고 들었어요.

최 린 조선의 억울한 처지를 널리 알리고 조선의 평화가 동양 평화의 기본이라는 사실을 강조할 좋은 기회가 될 거요.

8. 사랑 혹은 상처

며칠 후, 상기된 표정의 혜석과 최린.

혜 석 선생님, 오늘 파틴 정말 즐거웠어요.

최 린 혜석 씰 만나면 나도 늘 기분이 좋아져요.

혜 석 선생님, 내일 오페라 구경은 정말 기대가 돼요. 파리는 진정한 예술의 도시예요. 여기서 살면 진짜 근사한 그림을 그릴 수 있을 것 같아요. 정신도 감성도 새롭게 태어난 것만 같거든요.

최 린 갑시다. 숙소까지 바래다 주겠소.

혜석의 숙소. 전화벨이 여러 번 울린다. 한쪽 구석에 전화를 걸고 있는 우영이 보인다. 우영은 혜석 쪽을 향하고 서서 전화를 건다. 파리와 베를린이라는 먼 거리에 있으나 우영의 집요한 눈빛 때문에 마치 보고 있는 것처럼 느껴진다.
혜석이 들어와 전화를 받으면.

우 영 막 끊으려던 참이오.

혜 석 네, 아. (포옹하려는 최린)

우 영 혼자 있소?

혜 석 ……. (최린을 뿌리치며)

우 영 오늘은 뭘 하고 지냈소?

혜 석 저, 파티가 있었어요. 예술가들이 주로 모이는.

우 영 당신도 염려가 되지만 최린 선생께 너무 폐를 끼친 건 아닌가 해서 걱정이오. 당신 잘하고 있는 거요?

혜 석 네.

우 영 하여튼 무슨 일이든 그분하고 의논하도록 해요. 감기는 다 나았소? 몸조심하고 너무 무리하지 말아요. 당신이 무척 보고 싶군.

전화를 끊으면.

최 린 당신을 사랑해선 안 된다는 게 얼마나 큰 고통인지 당신은 모를 거요. 당신과 춤을 추던 순간, 난 당신을 안고 멀리 어디론가 가고 싶었소.

혜 석 선생님.

최 린 왜 우린 이렇게 뒤늦게 만난 거요. 아무 것도 시작할 수 없는 지금에서야 만나게 되다니, 그 동안 대체 어디 있었단 말이오.

혜 석 지금 여기서 우리가 만난 게, 그게 운명이에요.

최 린 당신을 알게 된 게 괴로워.

혜 석 고통이 없는 사랑은 진정한 사랑이 아닐지도 몰라요.

최 린 당신을 만나지 말았어야 했어. 왜 이 먼 곳까지 와서야 우린 만나게 된 거요. 너무 늦었어. 아무 것도 시작할 수가 없어. 우리에겐 미래가 없어요.

혜 석 알고 있어요. 우리가 함께 나눌 수 있는 건 아주 적어요. 어쩌면 아무 것도 없는지도 몰라요. 그러나 이 느낌, 오랫동안 잊고 살았던 이 마음, 이게 사랑이라면 이 이상 소중한 건 없어요.

최 린 당신은 용감한 여자요. 당신은 부끄럼이 없는 당당한 여자요. 그러나 난 당신처럼 용감하지 못해요.

혜 석 선생님은 뭐가 두려운 거죠? 명예, 권력, 위신, 체면, 그런 게 중요한가요? 평생을 그것들 속에서 묻혀 산다고 해도 사랑을 모르고 산다면 그게 무슨 의미가 있죠?

최 린 아아, 안 돼. 난 안 돼. 난 한 여자의 남정네로 살 수 없어요. 나는 개인이 아니라 조선이라는 국가의 사람으로 살기로 한 사람이야.

혜 석 폐병으로 첫사랑을 잃고, 얼마나 후회를 했는지 몰라요. 다시는 세상의 이목 때문에 내게 소중한 것을 잃지는 않겠다, 그렇게 결심했었어요. 선생님, 이렇게 사랑이 다시 올 줄 정말 몰랐어요.

최 린 당신은 대체 누구지? 대체 누구야. 날 이렇게 지독한 고통 속으로 사정없이 밀어버리다니.

포옹과 함께 어둠 속으로 묻히는 두 사람, 아름다운 음악이 들리고.

며칠 후.
글을 쓰고 있는 혜석.

혜 석 미국 여자는 이성과 철학으로 여자다운 여자요, 프랑스 여자는 과학과 예술로 여자다운 여자요, 독일 여자는 용기와 노동으로 여자다운 여자입니다. 조선 여자도 이제 진정 여자다운 여자가 되어야 할 것입니다.

최 린 글을 쓰고 있었소? 당신 글은 도전적인 게 매력이지. 펄펄 뛰는 여성이 들어있으니 말이오.

혜 석 그림은 추상적이지만 글은 직접적이라 살아있다는 느낌을 강하게 줘요. 조선 여성들을 향해서 생생하게 외치는 느낌이 들거든요.

최 린 나, 내일 떠나요. 벨기에로 가서 약소민족회의에서 연설을 하고 바로 동유럽과 시베리아를 거쳐 조선으로 가게 될 거요.

혜 석 ……그렇군요.

최 린 짧은 동안이었지만 당신을 만나 행복했다는 걸 말해두고 싶어요. 아무 소용에 닿지 않는 말에 불과하지만.

혜 석 (못 들은 척) 화실에 갈 시간이에요. 나가봐야겠어요.

최 린 조선에 가면 조선 사람으로 사는 것만이 남아 있을 거요. 나는 나대로, 당신은 당신대로. 당신이 조선을 빛낼 사람이 되길 바래요. 화가로든, 작가로든. 당신을 잊지 못할 거요.

혜 석 부질없는 말들, 그만두세요. (악수를 청하며) 먼저 나갈게요. 그럼 안녕히.

9. 이혼

우영이 서류봉투를 들고 등장.

우 영 이혼서류요.

혜 석 여보.

우 영 당신이 내게 버거운 사람이란 걸 왜 좀더 일찍 깨닫지 못했을 까. 그게 한스러울 따름이오. 당신은 유명한 여자니까 우리 이 혼사건은 또 한바탕 신문이며 사람들 입에 요란하게 오르내리 겠지.

혜 석 세상이 두려운가요. 정말 두려운 건 우리 마음이에요.

우 영 그따위 소리 좀 제발 그만 둬.

혜 석 구미에서는 남녀가 허물없이 지내면서 자기 남편이나 아내와 잘 지내는 걸 봤어요.

우 영 그림을 배우라고 했더니 아주 좋은 걸 배우고 있었군.

혜 석 당신을 속이거나 당신과 이혼하려는 생각은 없었어요. 오히려 정이 더 두터워지리라고 믿었어요.

우 영 바람이나 피우는 여자를 아내라고 여기고 더 사랑하는 그런 얼 빠진 남자도 있나?

혜 석   진보된 사회에서는 자연스러운 일들이라 잠시 혼란에 빠졌어요. 솔직히 말하자면 파리라는 예술적 분위기에 취했고, 낭만적인 마음에 당신이나 아이들을 잠시 잊었어요. 미안해요.

우 영   여긴 조선이야. 우린 파리가 아니라 윤리와 법도가 있는 조선 땅에 살고 있는 조선인이라구.

혜 석   하여튼 아이들 때문에 이혼은 할 수 없어요.

우 영   아니, 오히려 아이들 때문에 헤어져야겠어. 애들이 당신의 일을 알게 될까 무섭고 행여라도 당신을 본받을까 두려워.

혜 석   당신 뜻이 정 그렇다면 이혼해요. 하지만 아이들은 내가 키우겠어요. 그리고 재산도 똑같이 나눠줘요.

우 영   말 같잖은.

혜 석   당신, 나 사랑한다는 게 진실이었어요? 맵고 쓴 것까지 모두 다 사랑으로 포용한다고, 그렇게 말하지 않았어요? 어떤 어려움이 있어도 영원히 변치 않는다고 안 했어요?

우 영   당신이 내 아내로서 충실할 때, 그 때 그렇게 할 자신이 있었어. 그러나 더럽혀진 여자와 같이 살 순 없어.

혜 석   정조란 정신적인 문제에요. 육체적인 관계가 있었다고 해도 정신적으로 모든 것을 털어 버렸다면 그걸로 여전히 순결해요.

우 영   합리화를 위한 궤변 따윈 집어치워.

혜 석   도덕적으로 아내와 어미로서 잘못한 건 인정해요. 그러나 내 권리도 찾아야겠어요.

우 영   더 이상 못 참겠군. 여기까지가 내 인내력의 한계요. 자, 어서 나가요. 당장 가버리란 말이야.

혜 석   하지만, 우리가 여기까지 오게 된 것에 대해서 내게만 그 탓을 돌리지는 말아요.

우 영 아니 그럼, 내가 당신에게 뭘 더 해줬어야 한다는 거요?

혜 석 당신은 이 땅의 남편치고는 좋은 사람이었죠. 그러나, 당신 알아요? 내가 실은, 늘 외로웠다는 거요. 언제부턴가 내가 당신에게 과연 무엇인가 하는 생각이 들었어요.

우 영 그게 무슨 소리야, 쉽게 말해. 당신의 끝없는 욕망을 내가 채워주지 못했다구, 그래서 바람이 난 거라구, 그렇게 쉽게 말해. 그런 위선이 난 정말 싫어.

혜 석 성공한 남자들은 그에 어울리는 여자를 원하죠. 나의 보잘것없는 명성 또한 그 성공한 남자에게 어울리는 장식품 같은 거라는 생각이 들자 갑자기 내가 앉아 있는 이 자리가 싫어지더군요.

우 영 아, 내가 정말 멍청했군. 당신이 그렇게 멀리 있었다는 걸 눈치조차 채지 못하고 잘난 후원자 노릇에 열중했으니. 기꺼이 당신 곁에 있고자 했으나 정작 당신은 외로웠다니. 내가 십 년 이상 해바라기만 한 셈이군.

혜 석 당신이 정말 나를 인간적으로 이해하고 함께 해주었다면 여기까지 오지 않았을지 모르겠어요. 어쩌면 나도 일부러 외면하고 애써 모른 척했는지 몰라요. 그 점에 있어서는 내 책임이 커요. 나 또한 당신이 이루어놓은 성공의 열매들에 탐닉했고 그 단맛에 길들여져 있었으니까요. 내 그림은 어쩌면, 그 열매들의 자식인지 모르죠. 당신이 마련해 준 단맛만 내는 열매의 씨에서 열린 빛깔 좋은, 그러나 설익은 자식들이요. 이제 진짜 내 그림을 그릴 때가 왔어요.

우 영 그래, 가요. 당신이 꿈꾸는 세상이 어떤 곳인지 당신이 이상으로 생각하는 남자가 어떤 사람인지. 더 이상 나는 여력이 없소.
그리고 바라건대, 다시는 마주치는 일이 없도록 합시다. 내 마
지막 부탁이오. 엉뚱한 오해를 받으면서까지 아내를 외조한 대
가로 그 정도는 요구할 수 있겠지. 아이들 또한 당신의 기억에
서 영원히 지우고 자신만의 인생을 살아보시오. 늘 시간을 쪼
개어 쓰느라고 고생했으니 아마도 머잖아 위대한 걸작을 그리
고 조선 땅에 그 대단한 이름을 내걸게 될 거요. 그렇게 목말라
하던 참된 인생을 마음껏 구가해 보시오.

쓸쓸하게 퇴장하는 두 사람.

10. 여자미술학사

썰렁한 화실에 외롭게 앉아 있는 혜석.

혜석의 목소리   오늘은, 비가 내렸어요. 세상은 온통 아득한 물안개로 차오
르고 난 순간 숨이 막혔어요. 그 아름다움에 신비로움에 어지럼
증을 느끼며 그 아스라한 안개 속으로 묻혀버리고 싶었어요.
승구 씨, 그렇게 급히 내 곁을 떠날 줄 알았더라면 당신을 만나
지 않는 게 더 좋았을 걸, 그런 생각도 했어요. 아니, 아니에요.
당신 만나길 잘했어요. 잘못은 모두 내게 있어요. 당신 곁을 떠
난 건 나였으니까요. 당신이 죽음의 신과 그렇게 힘들게 싸우
고 있을 때, 내가 당신을 떠났어요. 잘난 공부 때문이었죠. 당
신은 떠나는 내 뒷모습을 바라보면서 작은 원망의 빛도 보이지
않았죠. 그래서 난, 당신이 견디어 낼 줄로만 생각했어요. 그렇
게 약하게 무너져 버릴 줄은 정말 몰랐어요.
그리운 사람. 봄비래요. 안개 속으로 한없이 한없이 들어가면 당
신이 거기 어딘가에 있을 것만 같아요. 그래서 내 손을 잡아줄
것만 같아요. 당신의 따뜻한 손길, 당신의 낮은 목소리, 부드러
운 눈빛이 생각나요. 어떻게 당신을 잊을 수 있겠어요. 우리가

그렇게 이별한 이후 모든 게 달라져 버렸는 걸요.

당신과 함께였다면, 당신이 그렇게 허망하게 내 곁을 떠나지 않았더라면, 난 어떻게 살았을까요. 당신은 시를 쓰고 난 그림을 그리고, 그래요, 함께 숨을 쉬고 같이 살아가는 일이 어쩌면 참 편안했을지 모른다 그런 생각 해요. 그러나 어째요. 당신은 없고, 난 남았는 걸요. 당신 없는 세상에서 혼자 살아가는 일이, 정말 힘들군요. 많이 힘들어요.

나 지켜보고 있나요. 죽어가는 당신 외면하고 떠난 여자, 미워 않고 아직도 거기 먼 곳에서 나, 보고 있나요. 그런가요.

열정이 없이 무기력하게 그림을 그리기 시작한다.

혜 석　여자미술학살 세우고 여학생들을 가르치려고 했었죠. 처음엔 자신도 있었어요. 그런데, 그런데 아무도 오지 않았어요. (사이) 할 수 없이 돈을 벌기 위해서 돈푼이나 있는 사람들의 얼굴을 그렸죠. 아무런 감흥이 일지 않는 그 낯선 얼굴들 앞에 앉아서 내가 나라는 걸 잊으려 했어요. 날 잊지 않고선 그놈의 초상화란 걸 그릴 수가 없었으니까요. (사이) 그림요? 네, 가지고 있던 그림들도 팔 수가 없었어요. 그래요, 서방질한 여자의 명성이…… 참으로, 참으로 높기도 하더군요. 그 대가로 모든 걸 잃었는데, 앞으로 얼마 동안을 더 견뎌야 하나요? 더 잃을 것도 없는 것 같은데 얼마나 긴 세월을 더 견뎌야 하나요. 십 년, 이십 년, 아니면 오십 년. 그때쯤이면 사람들이 날, 화가 나혜석으로 기억할 날이 올까요?

화가 나혜석······. 그래요. 난 다시 일어나야 돼요. 이렇게 비참하게 쓰러질 순 없어요. 아, 파리로 갈 수 있다면, 그림을 다시 그릴 수만 있다면······.

점점 어두워진다.
흐릿하게 밝아지면 힘들게 편지를 쓰는 혜석, 머뭇거리고 망설이다 고통에 차서.

최린의 방.
비서가 최린에게 편지를 가져다 준다. 최린이 편지를 본다.

혜석의 목소리 파리로 갈 수 있도록 경비 1천 원을 보내주시고 보증인이 되어주기 바랍니다. 되도록 빠른 시일 내에 회답해 주세요.

최 린 (생각에 잠겼다가) 도와주게.
비 서 그건 안 됩니다.
최 린 내가 그 정도의 돈도 마음대로 쓸 수 없나?
비 서 돈보다도, 지금 상황이 좋지 않습니다.
최 린 아무도 모르게 도와주게. 웬만해선 이런 편지를 쓸 사람이 아니야.
비 서 좀 곤란합니다.

혜 석 여기선 아무 것도 할 수가 없어. 숨이 막혀, 숨을 쉴 수가 없다구. 내가 어리석었어요. 그놈의 사랑이라는 게 참으로 부질없는 노릇이란 걸 몰랐으니.

최 린   조선의 예술가를 살리는 셈치고 도와주라는 거야. 파리로 가고
싶어해. 조선에 더 있다가 그 여잔 죽어. 진짜 죽는다구. 어떻
게 견디겠나. 아무리 강한 여자라고 해도 어떻게 조선과 혼자
서 싸우겠나.

비 서   천도교와 조선을 생각하십시오. 일제는 천도교의 분열을 노리
고 있고 반대파에선 선생님을 끌어내릴 기회만 보고 있는데,
이런 일로 구설수에 오르면 치명적인 결과를 초래할 수도 있습
니다.

혜 석   우린 잠시 서롤 사랑했지만 그건 지나간 추억에 불과해요. 내
가 그 사람한테 원한 건 추억에 대한 보상이 아니라 서로 사랑
했던 사람으로서의 인간적 부탁이었어요.

최 린   사지로 내쫓아놓고 혼자서 견디라고. 모든 게 내 잘못이야. 끝
까지 함께 할 수 없다면 시작하지 말았어야 했어.

비 서   선생님은 이 나라를 지킬 최후의 보루십니다. 손병희 선생의
뒤를 이은 그 막중한 책임을 일개 여자 때문에.

최 린   그만둬. 한 여자를 지키지도 못하는 사내가 어떻게 나라는 지
킨단 말인가.

혜 석   아, 내가 내 인생의 주인인 줄 알았어요. 내가 노력하면, 그렇
게 살아지는 건 줄 알았어요. 그런데 그게 아니에요. 대체, 대

체 이게 뭐죠? 뭐가 날 이렇게 잡아당기고 있는 거죠? 내 발목을 잡아당기고 온몸을 짓뭉개 더러운 진흙바닥에 얼굴을 처박게 하는, 이것의 정체가 대체 뭐죠?

11. 손해배상 청구소송 – 반란

비서가 급히 뛰어들어 최린에게 신문을 준다.

비 서 큰일났습니다. 오늘 자 동아일봅니다. 여길 좀.

최 린 정조 유린에 관한 손해배상 청구소송?

소 장 원고는 진명 여학교, 도쿄 미술 전문학교를 졸업한 후 교토 제국대학 출신 변호사요, 안동현 부영사인 김우영과 결혼하여 삼남 일녀를 낳고 원만한 가정 생활을 하면서 여류미술가로 세계에 평판이 있었다. 그러나 피고 최린은 자기의 일시적 욕구를 만족시키기 위하여 원고 나혜석으로 하여금 희생이 되게 하였다. 원고는 이혼 당하고 사회로부터 배척되어 극심한 고통을 받았으므로 이에 대한 위자료 1만 2천원을 청구한다. 1934년 9월 19일 변호사 소완규.

비 서 어떻게 할까요?

최 린 …….

비 서 급합니다. 선생님의 행보에 치명적인.

최 린 알아서 하게.

비 서 동아일보에 연락해서 당장 신문 배포를 금지시키고 이미 나간 것들은 긴급 수거지시를 하겠습니다. 이렇게 지독한 여잔 줄 알았으면 그때 무리를 해서라도.

최 린 화가 난 게야. 많이 서운했을 테지.

비 서 나가보겠습니다.

최 린 당신다운 일을 저질렀군. 나한테 복술 했어. 비겁한 남자에게 복수를 한 거야. (허탈한 웃음)

혜 석 오랜만이군요. 다시는 당신의 이름을 부르지도 떠올리지도 않으리라 맹세했었는데. 이렇게 요란한 방법으로 그 대단한 이름과 만나는군요. 나의 몰락과는 아무 상관없이, 여전히, 늘 그래왔듯이, 유명하고, 잘났고, 대단한가요. 당신이 얼마나 위세가 있는지, 전엔 몰랐어요. 내가 무너지는 동안 끄덕없이 버티고 있는 당신을 보면서 뒤늦게야 알았어요. 당신이 있는 곳과 내가 있는 곳이 하늘만큼 먼 거리를 두고 있다는 것을요. 아무리 흔들어도 떨어지지 않고, 소리내어 말하는 사람조차 없는 그 잘나고도 잘난 이름. 그리고 나만 이렇게 혼자 거리에 내몰려 돌팔매질 당하고 피 흘리고 서 있군요. 외면하고 있나요. 마음이 통하고 감정이 교류되며 예술처럼 하나가 되던 그날들의 이야기가 당신과 나 둘 사이의 일, 맞나요?
아니요. 내가 꿈을 꾸었어요. 아마 그럴 거예요. 악몽을 꾼 게 틀림없어요. 꿈 속의 누군가가 잠시 아름다운 가면을 쓰고 내게 왔던 게 틀림없어요. 어쩌면, 산다는 게 다 그저 그렇겠거니

여기는 것이 좋을지도 모르죠.

그러나, 난 이대로 물러서지 않겠어요. 당신이 나만큼 '화려한' 명성을 누리는 게, 그게 공정하지 않겠어요. 이름이 같이 내걸리고 함께 오르내리다가 나란히 잊혀지는 일, 그게 한때 사랑이란 이름으로 엮여졌던 우리에게 어울리는 종말 아니겠어요.

최 린 (어렵게) 내 잘못, 인정해요. 아니 아니, 그게 아니라, 잠시나마 나의 지위나 나이에 걸맞지 않는 가벼운 행동을 한 것이 잘못이란 말입니다. 우리 두 사람 사이의 불미스러운 일에 대해서는 책임 운운한다는 것이 우스운 일입니다. 자연스럽게 서로가 어울렸던 것인데 이제 와서 나를 몰아붙이고 소송을 청구하네 어쩌네 소란을 피우다니, 이해할 수 없군요.

아, 이제 그만하죠. 바빠서요. 전 나랏일 하는 사람입니다. 그런 데 신경 쓸 시간도 없고 그럴 필요도 느끼지 않습니다. 신여성이 뭐예요, 자기 의지대로 선택하고 행동하는 게 배운 여자 아닙니까.

혜 석 내가 가진 모든 걸 잃었어도, 그 사랑이 가치가 있는 것이었다면 그걸로 족해요. 그렇지만 그게 아니라면 이런 식으로라도 나의 분노를 세상에 알릴 필요가 있다고 생각해요.

비서 등장.

비 서 나 여사님, 전 최린 선생님의 비서입니다.

혜 석 최린 선생이라면 내일 법정에서 만나기로 되어 있을 텐데요?

비 서 여기 청구하신 금액의 일부를 가져왔습니다. 이것으로 원만하게 조정이 되길 바라고 계십니다.

혜 석 돈 몇 푼으로 날 모욕할 생각은 마세요. 난 그 사람이 법정에 서길 원해요.

비 서 다시 이름이 세상에 거론되는 것이 서로에게 무슨 좋은 일이겠습니까. 소송을 취하해 주세요.

혜 석 거짓된 사랑과 무책임한 배신, 왜 그 모든 책임을 여자 혼자서 져야 하죠. 무거운 쇠구두를 신고 뜨거운 태양 아래서 끝없이 걸어가야 하는 여자, 그게 바로 오늘의 내 모습이에요.

비 서 마음은 있어도 개인적으로 행동할 수 없는 지위에 계십니다. 이해해 주십시오.

혜 석 이해하라구요? 난 내 명옐 잃고 가정을 잃고 미래마저 잃었어요. 모든 걸 잃었다구요. 그런 나한테, 이핼 하라구요?

비 서 해결된 것으로 보고 드리겠습니다. 그럼. (퇴장)

혜 석 산다는 건, 정말 더러운 것이더군요. 돈…… 돈이 뭐야, 돈이 대체 뭐냐구……. 하지만 아무리 더러워도 이놈의 돈이 있어야 그림을 그리는 걸. 이 돈으로 물감을 사고, 그림을 그리고, 전시횔 열고…….

어둠 속으로 묻히는 혜석.

금강산.

어둠 속에서 '불이야' 외치는 다급한 소리가 적막을 깨고.

여 자 불이야. 불이야.

혜 석 불이라구?

여 자 불이 났어요. 선생님, 큰일 났어요. 작업실이 모두 불에 휩싸였
어요.

혜 석 그게 대체 무슨 소리야? 내 그림은? 내 그림들은 어떻게 됐어?

여 자 확실힌 몰라요. 그림들도 아마…….

혜 석 오, 안 돼. 안 돼. 내 모든 게 걸린 그림들이야. 안 돼. 제발.

여 자 선생님!

혜 석 몇 년 동안 금강산에 파묻혀서 그린 것들이 모두? 안 돼, 정말
안 돼.

여 자 불길이 금방 여기까지 올 거예요. 빨리 나가셔야 돼요.

혜 석 오, 제발…… 하나라도 꺼내야 돼. 내 생명 같은 그림들…….

여 자 이러지 마세요. 위험해요. 제발, 정신 차리세요.

혜 석 내 자식들하고 바꾼 그림들이야. 내 자식들 다 내던지고 대신
얻은 그림들이라구. 안 돼. 정말 안 돼. 절대로, 절대로 안 돼.

적막감과 작은 조명 속에 왜소한 혜석, 탈진한 모습.
얼마간의 사이.

혜 석 우리 딸 나열이……. 잘 있지?

나 열 어머니, 보고 싶어요.

혜 석 동생들 잘 돌봐주렴. 널 믿는다.

나 열　어머니, 선이가 아파요. 기침을 많이 하는데…….

혜 석　화가로 다시 당당하게 서는 날, 너희들을 만나고 싶었는데……. 우리, 만나게 되겠지? 꼭 만날 거야. 만나게 되겠지, 언젠가.

나 열　어머니……. 선이가 기침하다가 피를 토했어요, 어머닐 많이 찾는데…… 어떡하죠? 선인 어머니만 찾는데, 나 어쩌죠? 어머니…….

혜 석　그런데, 모든 게 모든 게 다 끝나버렸으니. 아니, 아냐, 어려움에 처하면 처할수록 더 힘을 내야겠지, 그래야겠지……. 우리 딸, 듣고 있니?

12. 침몰

전시회.

혜석이 긴장한 모습으로 선다. 어색한 미소도 지어본다.

혜 석 (연습하듯) 안녕하세요, 오랜만이군요, 네, 전 잘 지냈어요. 네, 감사합니다. 네, 그럭저럭 잘 지냈습니다. 네, 감사합니다.

자신만만한 표정도 일부러 지어본다. 그렇게 혼자 이런 저런 포즈를 취하고 그림들을 매만지면서 시간을 보낸다. 기다림을 배반하듯 긴 시간 동안 아무도 오지 않는다. 그리고 그녀는 서서히 어둠 속으로 가라앉는다.

남 자 나혜석이가 진고개 조선관에서 전시회 한다더군.
혜 석 친구들도 오지 않고. 가족들도 오지 않고.
남 자 그 여자 아직도 그림 그리나.
혜 석 화가들도 오지 않고.
남 자 200점이나 그렸다더군.
혜 석 비평가들도 오지 않고.

남 자　이혼하고 자식 다 뺏기고 혼자서 할 일이 없으니까 그림이라도 그려야겠지.

혜 석　그렇게도 질기게 따라다니던 언론마저, 이젠 흥밀 잃었군요.

남 자　큰아들이 죽었다고 하더군.

혜 석　(안 들리는 듯 혹은 못 들은 척) 그래요, 아무도 오지 않았어요.

남 자　겨우 열두 살밖에 안 됐다던데. 에미가 죽인 거지 뭐.

혜 석　(더욱 못 들은 척) 그림보다두 내가 더 흥미진진한 구경거리죠. 늘 날 구경하려드는 사람들, 오늘은 내가 별 구경거리가 못 되는 모양이군요. 좋아요. 나 혼자서 그린 그림들, 나 혼자서 실컷 보고 나 혼자서 맘대로 평하죠. 아무도 오지 않아도 좋아, 아무도 오지 않아도 난 괜찮아, 괜찮다구…….

남 자　폐렴이래나 봐. 어린 게 에미도 없이…….

혜 석　(긴 침묵) 자식이 죽은 것도 모르고 그림이나 그리고 있었던 여자, 세상에 다시 없을 지독한 여자, 세상에서 가장 멍청한 여자, 여러분, 그런 여자 아세요?

남 자　어린 게 에미 죄값을 받은 게지.

혜 석　여기 서 있는 잘나고 잘난 여자, 제가 바로 나혜석이에요. 여러분 저 좀 보세요. 이 여자가 얼마나 잘나고 대단한지 잘 보세요. 자식 하나 제대로 돌보지 못하고 저 세상으로 먼저 보낸 여자, 정말 잘난 여자죠, 그렇죠? 이 땅에서 내가 할 일은 정말 끝났군요. 아무 것도 할 수 있는 일이 없어요. 내 모든 걸 다 알고 있는 이 땅이 싫구 사람들이 싫어요. 난 질식하고 말 거예요. 끈질기게 날 물고 늘어지는 과걸 떨쳐내고 첨부터 다시 시작하고 싶어요. 파리에서요. 무엇보다 견딜 수 없는 건 이곳에 아이들이 있다는 거죠. 그리워도 볼 수 없는 아이들…… 같은 땅에서 살면서도 만날 수 없다는 게…… 정말 가장 힘들군요.

파리를 의미하는 음악이 성숙한 여성의 분위기로 우아하게 들리다가 판이 튀듯 혹은 테잎이 늘어지듯 제대로 음악이 흐르지 못한다. 몇 번씩 다시 음악을 틀어보려 하지만…….

양로원. 초라한 모습의 혜석이 경석 처의 부축을 받고 들어온다. 말도 제대로 못하고 심하게 손을 떨며 걸음걸이도 여의치 않은 폐인의 모습이다.

경석 처 여기서도 또 나가면 나도 더 이상은 안 찾을 거예요. 어디 갈 곳이 있다구. 그러다 정말 길거리에서 쓰러지기라도 하면 어쩔려구 그래요.

혜 석 (심하게 말을 더듬고 간신히 말하는) 나…… 날, 차차찾지…… 마, 말……아요. 나나, 난 파리, 파리로 가야…… 해요.

경석 처 파린 무슨 파리. 파리가 어디 경성쯤이나 되는 줄 알아요.

혜 석 파리……. 파리로 가……야 해. 그…… 그림을…….

직 원 이름은요?

경석 처 나혜, 아니, 최, 최고근이요. 옛 고자 뿌리 근자요.

직 원 최고근이라? 연세는요? 한 육십 정도 돼 보이시는데요.

경석 처 육십으로 해주세요.

직 원 정확한 나인 모르세요?

경석 처 네.

직 원　관계는요?

경석 처　그저 오갈 데 없는 사람 같아서…….

직 원　할머니, 말씀 좀 해보세요. 이분 얘기가 다 맞아요?

경석 처　말 안 해요.

직 원　할머니. 손은 왜 그렇게 떠세요.

경석 처　말 안 한다니까요.

혜 석　자식들이…….

직 원　아, 말씀을 하시네요.

혜 석　아이들이…… 보고…… 싶어서…….

직 원　할머니, 자식들 있으세요?

다시 무표정으로 돌아가서 아무 소리도 안 들리는 듯한 표정으로 허공에 눈을 두고 있다.

경석 처　전 이제 가도 되나요?

직 원　아니요, 잠깐만 기다리세요. 원장님께도 말씀을 드려야 하니까요. (나간다)

경석 처　여기서 잘 지내요. 밥 잘 먹고. 행여 오라버니들 이름이나 전 남편 이름은 꺼내지도 말아요. 지난번처럼 또 어디 딴 데 간단 소린 아예 말구 그냥 여기 있어요. 나가 봐야 또 어딜 가겠어요.

혜 석　저…….

경석 처　인제 여기서 다시 나갔다간 진짜 죽어요. 돈은 좀 맡겨놓고 갈 테니까 뭐 필요한 거 있으면 저이들한테 말하구.

혜 석　저……우, 우리…… 애…….

경석 처 (귀를 기울여 듣고) 뭐? 애들? 애들은 걱정 말아요. 애들 아버지
가 보통 사람이우? 잊어버려요. 그저 잘되라고 기도나 해요.

혜 석 나…… 나…… 파…… 파…….

경석 처 파리가 무슨 파리에요. 좁은 조선 땅에서도 못 움직이는 판국
에. 파리에서 누가 기다려 준답디까. 제발 꿈 속에서 헤매는 소
릴랑 그만 둬요. 나 이제 가야 돼요. 차 시간 늦겠어요.

경석 처 나가고 혜석은 점점 무표정에 얼굴을 씰룩이면서 묵묵히 앉
아 있는 동안 손을 떨고 있다. 제 손이 아닌 듯 그저 매달려서 흔들
리고 있는 손.

혜 석 파리로…… 가야 돼. 파리로……. 살러가…… 아니라…… 주,
죽…… 으…… 러.

13. 죽음 – 또 다른 시작

자신감이 넘치는 이십대의 여성이 된 나열, 스포트를 받고 중앙에 서 있다.

나 열 어머니···. 오랫동안 이렇게 불러보고 싶었어요. 어머닐 원망한 적도 있었고 미워한 적도 있었지만 이젠 이해해요. 난 아직 사랑을 해본 적은 없지만, 일생 동안 한 번쯤은··· 그래요, 한 번쯤은 그렇게 열정적인 사랑을 할 수 있다고 생각해요. 여긴 프랑스예요. 어머니가 다녔던 미술관들을 둘러보고 있어요. 어머니, 전에 그러셨죠. 아버지 딸 인형에서 남편 아내 인형에서 벗어나 사람인 나로 살라구요. 세월이 많이 흘렀구 세상도 많이 변했으니까 난 그렇게 힘들진 않을 거예요. 어머니, 내 앞길을 위해서 기도해 주세요. 나도 이제 넘어질지라도 세상에 맞서보려구 해요. 어머니처럼 그렇게 용감하게 말예요.

말이 끝날 즈음 무대 한쪽이 희미하게 밝아오며 혜석이 보인다.
안도하는 평화로운 표정.
암전.

다시 서서히 밝아지면 바람 소리와 함께 빈 의자.

목소리 1948년 12월 10일 용산 시립병원 자제원 무연고자 병동에서 한 할머니의 죽음이 있었습니다. 지켜보는 이도 시신을 거둘 이도 없었던 그 할머니는 최고근이라는 이름으로 기록되어 있었으나, 한국 최초의 여류 서양화가인 나혜석 씨였던 것으로 뒤늦게 확인되었습니다.

어둠 속에 장중한 음악이 오랫동안 들려온다.

혜석의 목소리 탐험하는 자가 없으면 그 길은 영원히 못 갈 것입니다. 우리가 욕심을 내지 아니하면 우리 자손들에게 무엇을 남겨 주겠습니까. 우리가 비난 받지 아니하면 우리의 역사를 무엇으로 꾸미잔 말입니까. 우리 조선 여자 중에 누구라도 가치 있는 욕을 먹는 자가 있다면, 우리는 안심입니다.

— 2000년 초연.

그들만의 전쟁

등장인물 ─────────────────

장씨
김씨
순덕 : 장씨의 아내
경수 : 장씨의 아들
경미 : 장씨의 딸

무　　대 ─────────────────

후줄근한 경비실.
굳이 사실적일 필요도 없고 반드시
경비실이 아니어도 좋다.
다만 대수롭지 않은 직장이라도 장씨가
일거리를 가지고 있다는 것만 드러나면
된다.

1. 별을 바라보다

장씨가 전화를 받고 있다. 분주하다.

김씨가 느린 걸음으로 쓰러질 듯 걸어온다. 무릎이 푹 꺾여 넘어졌다가 힘겹게 일어선다. 겨우 경비실 밖에 놓인 의자에 앉는다.

장씨가 김씨를 보고 나온다.

의자에 걸터앉아 주머니에서 담배를 꺼내어 김씨에게 하나를 붙여주고 자기도 하나 문다.

장 씨 에이, 드러워서 말이여. 월급이라구 꼭 쥐새끼 오줌만치 주믄서 전화는 드럽게들 해쌓는구먼. 내일 와서 보믄 다 알턴디 뭐이가 그렇게 궁금해서 싸가지 없게 말여, 그놈의 흔해터진 매너도 몰르나, 눈 좀 붙일까 하믄 따르릉, 담배 한 대 피믄서 여유 좀 잡아볼까 하믄 또 따르릉, 고 정다방 미쓰김 생각하믄서 상상의 나래를 쪼까 펼쳐볼라치믄 또 따르릉, 저놈의 전화통을 아예 빼불든지 허야 쓰겄당께. 들어오는 물건 잘 받아놓고 적어놓고 다 허는디 말여, 그렇게 사람 못 믿으면 지들이 남아서 지키면 될 일이지 경비는 뭣 허러 둔단 말여.

전화벨이 울린다. 장씨, 들은 척도 하지 않는다. 계속 울린다.

장 씨 저걸 그냥, 야, 너 당장 아가리 못 닥치냐. 작신 밟아버리기 전에 말여.

김 씨 언제나 기운이 넘치는군.

장 씨 기운? 넘치지 그럼.

어디 쓸 일이 있어야지. 아, 마누라가 있어서 밤에 기운 뺄 일 있냐, 자식 새끼들 때문에 복장 터질 일 있냐. 시상 젤로 편한 팔자가 나 아니냐. 허기사 너도 마찬가지지만.

김 씨 별 참 밝다.

장 씨 개뿔, 야 별은 무슨 별이냐, 갑자기 생뚱맞게.

김 씨 별이 하나 지구를 향해 온다지 아마.

꽤 빠른 속도로 온다는데.

그놈의 우주라는 게 넓기는 무지 넓은 모양이야, 그렇게 빨리 달려도 몇 십 년 있어야 지구에 부닥친다는 걸 보면.

장 씨 뭔 귀신 씨나락 까먹는 소리여. 아니 그럼 언놈의 별이 지구를 쾅하니 박아버린다, 지금 이 소리여?

김 씨 참 이상하지. 우주라는 데가 그렇게 별이 많다는데 그 동안 어떻게 서로 부딪치지 않았을까. 하기야 이번에도 어쩌면 비켜가긴 한다드만.

장 씨 야, 난 안 되야. 난 할 일 많이 남았당께. 아직 우리 딸년 결혼도 못 시켰는디.

김 씨 세상에 혼자라드니.

장 씨 아, 당장이야 그렇지. 그려도 언젠가는 그년이 지 애비 찾을 거 아니여. 마누라는 안 찾아도 딸년이야 꼭 내를 찾을 텡께. 나가 그때까정은 꼭 살아야 쓰겄다 이거여. 마누라야 나하고 실질적으로 말이여, 거 피 한 방울 안 썪였다 이거여. 그려도 내 딸은 내 피 받아 태어난 년 아니여. 지 핏줄은 암체도 땡기지 않겄나 이거여.

김 씨 좋겄군, 자넨. 그래, 아직 희망이 있어.

장 씨 나 말여, 죽기 전에 이 시상에서 꼭 하고 싶은 일이 있는디 말여. 고거이 뭐냐믄 바로 그 땅따당 해보는 거여. 뭣이냐 거, 결혼식에 가믄 애비가 딸들 손 요로키 올려놓고 음악에 맞춰서 들어가는 거 말여. 난 꼭 고거를 해보고 싶당께. 그때가 말여 아마 젤로 가심이 짠할 거 같어. 나가 시상에 한 생명을 탄생시켜 갖고는 이만큼이나 키워서 또 결혼꺼정 시키는구나 하믄 무지 산 보람이 느껴질 거 같다 요런 말이시.

김 씨 자넨 낭만적인 데가 있어.

장 씨 난 내 딸년헌티 하나 잘해준 것도 없지만 말여, 시집갈 때는 빚을 내서라도 시상에서 젤로 이쁜 드레스 입힐 거니께, 자네 꼭 와서 보드라고. 내 딸이 월매나 이쁘고 멋진지 말여.

김 씨 부럽군 부러워.

장 씨 난 마누라고 뭣이고 다 소용없고 그저 하나 남은 딸년이나 지대로 사는 거 보는 기 유일한 소원잉게.

김 씨 마누라도 있고 딸도 있고, 정말 행복하군.

장 씨 근디 말여, 그기 다 꿈이여.

그 희망사항이라나 뭐라나 젊은애들 노래에도 있잖여.

김 씨 꿈이 있다는 것만으로도 살 만하지.

장 씨 아, 말이야 바른 말이지, 거시기, 나야 아직 쓸 만허지. 나가 밤이믄 아직도 쓸쓸허당께. 에이, 그 마누라 말여. 지금 어디 자빠져 있는지 몰라도 나가 거 밤일 하나는 끝내줬는디. 복에 겨워서 그렇게 지발로 나가 뿐졌으니, 어딨는지는 몰러도 외로운 이 밤에 내 생각 솔찬히 할 거이다, 아마.

김 씨 간 사람 욕하지 말어.

장 씨 그려. 다 팔자소관이지, 워쩐디야.

김 씨 별이 말이야.

장 씨 별 얘기 안즉 안 끝났냐.

김 씨 별이 부딪치면, 어떨까.
아마 핵폭발 하는 거 같을 거야. 지구가 엄청 커다란 폭탄을 맞는 거랑 같을 테지. 거기서도 살아남는 인간이 있을까.

장 씨 그야 물론이지. 나 말이여. 아마 나가 살아남을 걸. 여간 독한 놈이어야 말이지.

김 씨 자넨 아마 그럴 수 있을 거야.
난, 자신이 없어.

장 씨 야, 오늘밤도 어김없이 또 술이 필요한 밤이구먼 그려. 우리의 고정 레파토리 아니냐. 자, 또 한 잔 땡기자 우리. 이 죽지 못해 사는 놈과 아득바득 악착같이 살고 싶은 놈이 좀 뒤섞여야 또 하루를 버팅기고 살지.

김 씨 별이 문득 궤도를 바꿔서 오늘이라도 부딪치게 된다면, 그래서 아무도 모르게 한밤중에 지구가 박살이 나버린다면.

장 씨 거 드럽게 재수없네. 야, 난 살고 싶다 이거여. 왜 남의 인생에 자꾸 초치냐, 임마. 술이나 찾아보드라고.

장씨, 일어나 술병을 가지러 간다.

경비실 앞에 놓여있는 낡은 군용 색을 끌고 와서 뒤지기 시작한다.

2. 원형불량 재생사업

김씨가 장씨의 잡동사니들을 물끄러미 본다.

김 씨   (목각인형을 들고) 이건 뭐야? 애인이라두 되냐? 햐, 제법 잘 깎
았는데. 예쁘다. 언제 이렇게 재주 부리고 앉았었냐. 맨날 꿈지
럭거리고 앉았더니 이런 거 만들고 있었군 그래.

장 씨   (빼앗으며) 가만, 아무나 보믄 부정탄당께. (음미하듯 바라보며) 요
거이 바로 예술이라는 거이다.

김 씨   이건 뭐야, 손가락같이 생겼는데. 이건 또 뭐야? 발 아냐? 진짜
무슨 예술 하냐? 새삼스럽게 무슨 조각가라두 될려구 그러는
거야?

장 씨   예술, 예술 좋지. 허나 말이여, 시상엔 예술보다 더 징헌 게 있
다 이거여. 말허자면 예술보다 더 예술적인 기 있다 이 말인디,
그게 뭐이냐 하믄 바로 '산다는 거' 이다 이거여.

김 씨   뭐가 그렇게 복잡해.

장 씨   그려, 복잡허지. 너같이 싸가지 없이 죽는 타령만 늘어놓는 놈
이 으쨰 이 깊은 소가지를 알겠냐. 모를 거이다. 이 장길수의
깊은 뜻을.

김 씨   (남근 모양의 조각을 들고는) 이건 정말 기막힌데. 참 크고도 잘생 겼다.

아주 한이 맺혔구나. 이런 거나 만들면서 신세 한탄하고 앉았 냐.

장 씨   내 놔, 부정탄게, 만지지 마라 말이여.

김 씨   (숭배하듯이 높이 쳐들고는) 오, 위대한 남근의 신이시여. 우리들 의 생명이시여. 우리를 이 사악한 세상에서 구원하소서.

장 씨   미친 놈. 나가 재밌는 야그나 하나 할까?

김 씨   퍽도 재미있겠다. 뻔하지, 돈도 안 생기는 그놈의 전쟁 얘기.

장 씨   니 별타령보다야 천 배는 낫겄다. 월매나 사나이답냐 말이여.

김 씨   그래, 한바탕 해봐라. 우려먹고 또 우려먹은 얘기, 생판 처음 하는 것처럼 폼잡고 또 해보라구.

장 씨   나가 보통 재주냐, 못 하는 기 없는, 그양 재주로 똘똘 뭉친 놈 아니냐.

김 씨   이거나 잔뜩 만들어서 팔면 돈 잘 벌겠다. 발기불능에 걸린 남 자들 하나씩 사다가 안방에다 척하니 걸어두면 즉시 효험이 있 다, 이렇게 선전하면 잘 팔릴 거 같은데.

장 씨   야, 사는 기 말여 그렇게 시시껄렁하게 남 등이나 처먹음서 고 로코롬 살라믄 말여 나 진즉에 재벌 됐을겨. 나가 말여, 나 신 사여. 난 예술보다 더 예술적으로 살고 싶은, 그랗께 뭐여, 산 다는 거에 대해서, 그랗께 뭐냐 거시기, 그려 진지하게, 바로 진지하게 살고 싶다 이거여.

김 씨   자넨 보기보담 진지해, 진짜.

장 씨   너 내 야그가 영 듣기 싫으냐. 자꾸 말 막게.

김 씨 아니, 자 해 보라구. 어서 시작해. 긴긴 밤에 자네 얘기라도 없으면 어떻게 또 하루를 보내나.

장 씨 난 월남 가서두 돈독이 잔뜩 올랐었지. 뭐 처음부터 이 드런 세상 죽어도 좋다 하구 간 거니께 말여. 한번 악착같이 돈이나 벌어보자 했구먼. 그래 나가 한 일이 뭔 줄 아남.

김 씨 (별을 올려다 보고 있다) 별똥별 하나 떨어진다.

장 씨 언 놈 하나 천국으로 가는갑지. 축하헐 일 아니냐. 한많은 시상하직허고 근심걱정 없는 시상으로 강게 말여.

김 씨 밤하늘에 저 별들이 모두 다 떨어지면 사람들이 대신 그 자리로 올라가서 별이 되는 걸까. 죽어서라도 저렇게 아름다운 별이 된다면, 난 여기서 그만 죽었음 좋겠다.

장 씨 야, 집어치랑게. 여기서 니 대사 있잖여. 몇 개 되지도 않는 거 지대로 좀 못 허냐.

김 씨 내 대사? 참, 그래. '제일 돈 많이 버는 일이라두 찾았나.'

장 씨 그려, 바로 그거여.

난 시체실에서 일을 했지. 시체들이 하루 종일 밀려오는 거여. 그럼 거기서 나가 뭘 했느냐. 자, 시범을 보일 텡께 여그 쪼까 올라가 눕더라고.

두리번거리던 장씨가 구석에 있던 바퀴달린 침대를 끌어다 놓자 김씨는 어정쩡한 태도로 올라가 눕는다.

침대 아랫칸에 있던 목공도구함을 꺼내어 지저분한 장비들과 나무로 깎다만 조각들을 펼쳐놓으면 목공실이 된다.

침대 위의 김씨는 시체처럼 꼼짝 않고 반듯이 누워있다.

잠시, 전쟁터로 가기 위한 침묵의 시간.

장씨는 관객이 보는 앞에서 적당한 군인 모자를 하나 쓰든지 해서 젊은 시절로 간다.

김 씨   (꿈 속에서 부르듯, 나즈막한 소리로. 김씨이기도 하고 아니기도 한, 어린시절과 고향에 대한 애절한 향수를 담아, 동심이 어린 목소리로) 나의 살던 고향은 꽃피는 산골 복숭아꽃 살구꽃 아기진달래. 울긋불긋 꽃대궐 차리인 동네 그 속에서 놀던 때가 그립습니다.

장 씨   (무언가 나무토막을 깎으며) 야, 그립기는 뭐가 그립냐. 해준 게 뭐 있다고. 난 고향도 부모도 없는, 시상에 외로운 팔장께.

집어치고 내 노래나 한 번 들어보드라고. 적어도 노래란 것은 말이여.

('댄서의 순정'에 맞추어 개사)

에미도 몰라요 애비도 몰라. 낯설은 엄마 젖을 얻어먹고 이리 저리 요리 채어 다니던 불쌍한 동네 걸뱅이. 그 이름 길수 그 이름 길수 바로 이 장길수여.

요거이 내 주제가라, 이런 말시.

핫따, 나가 생각해도 거 참, 노래 한번 기막히게 지어부렀구먼.

이거이 바로 사나이 장길수의 어린 시절이다 이거여.

김 씨   엄마가 섬그늘에 굴 따러 가면 아기는 혼자 남아 집을 보다가.

장 씨   (어린아이 목소리로) 밥 좀 주세요. 밥 좀 주세요.

김 씨   아버지는 나귀 타고 장에 가시고 할머니는 건넛마을 아저씨 댁에.

장 씨 아버지는 집도 없이 떠돌아 댕기는 봇짐장수에 어머니도 이리 저리 오락가락하는 술집아지매였당께. 남들이 늘 나만 보면 그러더구만. 니 에미는 화냥년에 애비는 불한당놈이라고. 내는 그기 우리 잘난 아버지 엄마 이름인 줄 알았구면. 그래 막 외우고 다녔제. 아버지 이름 불.한.당. 어머니 이름 화.냥.년.

김 씨 햇볕은 쨍쨍 모래알은 반짝.
모래알로 떡해놓고 조약돌로 소반 지어 언니 누나 모셔다가 맛잇게도 냠냠.

장 씨 내도 성님들은 많았지라. 떠돌이가 할 일이 뭐가 있겠나 이 말이여. 도둑질에 깡패백이 할 게 더 있디야. 맨날 그놈의 성님들 헌티 쥐터지면서 나쁜 짓은 가지가지 착실히 배웠는디.

김 씨 (벌떡 일어나 아내에게 말하듯) 더 이상은 안 돼. 여보. 아무래도 내가 월남이라도 갔다 와야겠어.

장 씨 아쉰 놈들 마지막 출구였지.

김 씨 더 이상 방법이 없어.

장 씨 월남 온 놈들 치고 그럴듯한 사연 하나씩 안 차고 온 놈 있겠냐 어디.

김 씨 어머니 모시고 나 돌아올 때까지 잘 있어.

장 씨 퉤, 드런 세상. 그놈의 돈 돈 돈. 그러니 내가 돈에 불 안 켜게 생겼냐.

김 씨 돌아오면 모든 게 좀 나아지겠지.

장 씨 과연 나아질까.

김 씨 돌아올게. 꼭 살아서 돌아올게. (눕는다)

장 씨 살아만 오믄 뭣헐 것이여.

김 씨 (신음하듯) 살아야 해. 난 돌아가야 해. 여보 돌아갈게, 기다려 줘.

장 씨 야, 이 새끼야, 너만 돌아가냐. 나도 간다 이거여. 기다리는 사람은 없어도 내도 돌아간당게.
(나무토막을 팔에 붙이는 시늉을 하고) 자, 이렇게 나무팔 달고, 니도 이제 니 가족들이 기다리는 고향으로 가그라잉. 자, 다음.

침대를 밀고 나갔다가 다시 들어온다.

장 씨 자, 다음은 다리 두 개를 홀라당 잃어버린 놈 차례랑께. 잠깐만 기다리면 나가, 이 천하의 목수 장길수가 튼튼한 다리를 두 개 척 달아줄텐께.

나무 깎는 소리가 가득하고
잠시 후 나무 다리 두 개를 침대 위에 올려 놓으며.

장 씨 자, 가라, 웬수같이 가난하고 징헌 땅으로. 나무 다리 두 개 달고 썩 가그라잉.

침대를 밀고 무대를 한 바퀴 돈 다음.

장 씨 (시체를 여기저기 만져보며) 에, 또 이 새끼는 어디가 불량이냐. 얼굴은 지법 잘생겼는디. 거 여자들 꽤나 울렸을 얼굴인디. 이만한 얼굴에 왜 지 땅에서 못 벌어 처먹고 여기까지 왔냐,

자 보자. 얼굴은 깨끗하고. 팔, 두 개 다 있고, 다리, 두 개 다 있고. (산 사람에게 하듯) 야, 이 새꺄, 뒤로 자빠져 있지만 말고 뒤집어 봐. (시체, 꼼짝 않는다) 야, 이 새끼 봐라. 꼼짝 않네. 야, 내 말이 말 같지 않냐. (침대 밑에 있던 술병을 꺼내어 나발을 불면서) 야, 너 당장 뒤집지 못해. 나가 하루 종일 여그서 원형불량 된 새끼들 드러운 몸띵이나 만지고 있다고 이 새끼야, 니도 내 말이 말 같지 않다 이거여, 시방. 임마. 뒤집어. 당장 뒤집어. 이 새끼가. (술병으로 머리를 치려고 하자 김씨가 깜짝 놀라 엎드린다) 그려 그래야지, 이 성님이 말시, 솔찬히 무서운 분이시다, 잉. (술병을 내려놓고 다시 시체를 검사한다)

대갈통도 멀쩡하고, 모가지도 이상없고, 엉덩짝도 두 개 다 붙어있고 다리도, 두 개.

거 참, 이상하다. 이 새낀 증말 다 붙어있는 거 같은디. 어디가 불량이지?

김씨가 일어나 살짝 귓속말을 하고 다시 눕는다.

장 씨   뭣이여? (배를 잡고 자지러지게 웃어댄다)

뭐가 어떻다구? 그랑께 거시기가 날라갔다. 이 말이여?

야, 이 새끼야, 너두 드럽게 재수없는 놈이다. 하필이면 거기가 날아갈 게 뭐여. (배를 잡고 웃다가) 야, 이 새끼야. 너 뒈진 놈이 거시기가 있으면 또 뭣헐 것이냐. 한번 휘둘러보지도 못할 거인디, 있으면 뭣헐 것이냐고.

(문 쪽을 행해) 야, 다음 새끼 들여보내. 바뻐 죽겄는디 성가시게

굴고 지랄이여.

김씨가 다시 벌떡 일어나 간절한 눈빛으로 한참 동안 장씨를 본다.

김 씨 나, 있지. 결혼해서 하두 먹고 살기가 어려워서 이렇게 나온 놈이야. 결혼한 지 두 달 만에 나왔다구. 우리 마누라하고 나 몇 번 해보지두 못하고 나왔다 이 말이야. 단칸방에서 어머니랑 같이 자는데 어떻게 내가 마누라하고 그짓을 할 수가 있었겠어. 나 말이지, 정말 내가 너무 못나서 꼭 죽고만 싶었어. 그래 방 두 개 있는 집으로 이사갈려고 여기까지 온 놈이야. 근데 이렇게 죽어가게 됐으니 내 한이 어떻겠냐 말이야. 그러니까 말이지. 힘들드라도 날 좀 도와줘. 그래야 내 한이 조금이라도 풀리지 않겠어.

장 씨 야, 니 사연 한번 기가 막히는구나, 야. 나가 니 거시기는 증말 끝내주게 만들어줄텡게 이제 고만 벌떡벌떡 일어나그라잉. 나가 말이시 니 거시기 시상에 언 놈보다두, 그려, 그 변강쇠보담두 더 멋지게 만들어줄텡께 고만 자빠져 있그라잉.

장씨의 말이 끝나자 김씨가 조용히 눕는다.
김씨는 나무통에서 적당한 나무토막을 꺼내어 다듬기 시작한다.
적막이 흐르는 가운데 나무를 깎고 다듬는 소리만이 사각사각 들려온다.
잠시 후 나무를 다 깎았는지 장씨가 봉지에 조각한 것을 담고 김씨의 목에 걸어준다.

장씨 자네 말이여. 잘 가게. 죽어서라도 자네 못다한 한일랑 꼭 풀어
야제. 자네 마누라는 아직 젊응께 다른 놈헌테 갈테구. 어머닐
랑 자네 연금으로 사시믄 되겠구먼 그려. 자네 몸값으로 말이
여. (씁쓸하게) 자네 그라고 봉께 무지 효자됐네 그랴.
(다시 술병을 들어 마시며) 야, 싸게 싸게 내가라잉, 다음 들여보
내.

장씨가 김씨를 밀고 나간다.

다시 김씨와 장씨가 경비실 앞 의자에서 술을 마시고 있다.

장씨 나 말이여, 그땐 증말 독하게 마셔댔지. 이깟 소주? 이까짓 건
암것두 아녀. 난 날마다 미친 듯기 마셔댔는디. 워치케 안 마시
고 배긴다냐. 나가 그때 그 어린 나이에 말이여, 매일 시체나
만지면서 그놈의 바람도 통하지 않는 골방에서 뭘 했는 줄 알
어? 정말 징한 곳이지. 거그 말이시. 하루 종일 바람도 빛도 없
는 디서 하루 종일 처박혀서 나가 시체들하고 뭔 짓거리 했는
줄 아남. 그놈의 시체들이 말이여, 여그저그서 총 맞아 죽은
놈, 칼에 찔려 죽은 놈, 아니면 지뢰 밟고 뒈진 놈, 수류탄 맞고
뒈진 놈, 아니면 자살한 개새끼까지 말이여, 수도 없는 시체들
을 본국으로 보내야 하는디. 근디 그놈들의 몸띵이가 영 말이
아닌 거이지. 팔 없는 놈, 다리 없는 놈, 얼굴이 반쪽 날아간
놈, 아니면 아예 어디서 몸띵이만 남은 놈도 있당께. 이건 증
말, 그짓말 아니라고.

그놈들은 말하자면 원형불량인 거여. 긍께 원형이 불량이다, 이거여. 부모님이 낳아주신 몸띵이가 아닝게. 그래서 본국으로 보낼려면 그놈의 불량이 된 몸띵이들을 원형대로 맞춰야 쓰겄는디, 바로 고거이 타고난 목수, 이 장길수가 맡은 바 사명이다, 이거여. 나야 원래 재주가 비상헌게. 나가 한번 몸띵이를 좌악 훑어본 담에 말시. 응, 어디어디가 불량이다 딱 나오면 그때부터 고놈의 몸띵이를 원형재생하는 길로 들어가능겨.

내 손이 원형불량된 개새끼들을 완전한 몸으로 다시 만드는 위대한 창조주의 일을 하셨다 바로 이거여.

개새끼들, 에이 뒤져도 깨끗하게 못 뒤지고.

근디 어느날 말여, 아주 말짱한 시체가 하나 들어온겨. 아무리 봐도 깨끗하드란 말이지. 그란디 자세히 봉께, 거 바로 그놈의 거시기가 없었던 거여. 어쩌다가 그렇게도 묘하게 뒤졌는지. 허기사 그거 없어도 뒤진 놈이 무슨 상관이여.

그란디, 그 새끼가 왠지 안됐드란 말이지.

그래서, 나가 아주 크고 잘생긴 놈으로 하나 만들어서 척 달아보냈는디, 그기 내가 원형재생하던 사업에서 젤로 보람있는 일이랑께. 아마 그놈도 하늘에서 나헌티 꽤나 절하고 댕길걸.

하늘에서도 영혼끼리 그거 안 하남?

적막함 속에 앉아 있는 두 사람.

3. 백 달러짜리 여자

장 씨 그란디 말여. 생각해 보믄 그놈의 시체실은 보람도 있었당께. 꼭 나가 무신 무당이라도 된 기분이었응께. 죽은 놈들 영혼을 달래서 지 고향으로 보내주는 무당 말여. 나가 겉으로는 욕해가믄서 지랄해가믄서 시체들 구박했지만 말여 속으로는 엄청이나 찡허드란 말시. 느그들 거 뭣이냐 천당이든 극락이든 입맛 땡기는 대로 가서 잘 좀 살그라 말여, 고로코롬 기도해 줬응께.

군인이라는 기 말여, 명령에 살고 명령에 죽는 기 바로 군인 아녀, 나라서 가랑께 으짤 것이여. 죽을지도 모르는 머나먼 길을 그냥 씩씩한 척하믄서 거 뭐여, 꽃다발 모가지다 걸어주고 노래 불러주고 박수나 짝짝 쳐서 보내믄, 그기 죽으러 가는 긴지도 잠시 잊어뿔고 말여, 씩씩한 척하며 나간 거 아녀. 또 언 놈들은 그놈의 돈 몇 푼 벌어보겄다고 지발로 간 놈들도 있었지. 나 같은 놈 말여.

몸 팔러 온 놈들이 돈은 만져보지도 못하고 그렇게 몸띵이만 날려버리고 돼졌으니, 암만 지독한 이 장길수래도 맴이 솔찬히 아프드라 이거여.

김 씨 자넨 월남 간 보람 있었겠군. 돈도 남보다 많이 벌고 이렇게 살

　　　　　아 돌아왔으니 말이야.

장 씨　돈? 나 돈 안 모았당께. 그양 막 써분졌당께. 거그 시체실서 그 징그런 일 허다봉께 참 산다는 기 말여, 그렇게 부질없는 일일 수가 없드라 이거여.

　　　　　허기사 나가 또 벌믄 뭣하고 모으면 또 뭣허냐. 봉양할 부모도 부양할 가족도 없었는디.

김 씨　그럼 돈은 어디다 다 썼어.

장 씨　으짤 때는 지독하게 모으기도 허고 또 으짤 때는 팍팍 써분지기도 허고, 기양 내 밸 꼴리는 대로 해불고 살았다.

김 씨　노름에 술에 여자에, 쓰자면 쓸 데도 많았지. 목숨 내놓고 사는 사람들이라 보짱도 때로는 터무니없이 크기도 했구.

장 씨　여자는 그 중 참 시세 없었지.

김 씨　하기야 총 들이대고 돈 안 들이고 하는 방법도 있었지.

장 씨　살려만 주믄 그걸로 감지덕진디, 돈 내고 하는 놈이 바보인 그런 시상 아녔냐.

김 씨　자넨 그래 늘 그렇게 했나.

장 씨　핫따, 나 이래 뵈도 신사여. 난 고로코롬 치사하게는 안 혀.

김 씨　사실 1달러면 이쁜 여자랑 잘 수 있었지.

장 씨　우리 월급이 그때 한 사십 달러 됐응께.

김 씨　적지 않은 돈이었지.

장 씨　나가 거그서 어뜬 여자헌티 백 달러를 준 적도 있었다 이거여.

김 씨　백 달러? 한 번에 몇 달치 월급을 줬단 말야? 꽤나 예뻤든 모양이군. 자네 마음을 그렇게 호릴 정도면.

장 씨　흥.

김 씨　아님 아주 멋진 몸매를 가졌거나.

장 씨　아녀.

김 씨　그럼, 자네가 뭐 특별한 거라두 요구를 했나? 이상한 짓거리라도 하자구 했어?

장 씨　하 참, 나가 그 방면에선 신사랑게 그라네. 치사하게 여자헌티 지저분하게 안 논다 말이시.

김 씨　지독한 장길수의 마음을 사로잡은 여자가 누구야 그럼.

장 씨　어린 계집애였어. 아주 어린.

김 씨　회춘할 나이도 아닌 한창 때 웬 영계는.

장 씨　우리 부대가 점심을 먹음서 쪼까 쉬고 있었는디. 쩌그 건너 숲에 숨어서 나를 몰래 보고 있드만. 한참 동안 나를 빤히 바라보드니만, 나가 원체 사람이 좋아 보이잖여, 손고락을 꼬부리더니 날보고 손짓을 하는 거여. 그래 저 작것이 뭐 하나 하고 심심풀이 삼아 슬쩍 일어나서 가봤지. 그랬더니 고거이 재빠르게 달아나는 겨. 난, 아차 싶었지, 이게 베트콩 끄나풀이구나 한 거여. 그래 총을 다잡아 들고는 방아쇠에 손가락꺼정 걸고 긴장을 했제. 그라더니 고게 싹 돌아서는겨, 갑자기.

김 씨　베트콩한테 포위됐나?

장 씨　아녀, 고게 나를 똑바로 보드만. 그러더니 옷을 막 벗는겨. 가슴이 인자 막 솟을라고 하드만. 그랑께 한 열 두세 살이나 된 어린 계집애였다 이거여. 고거이 나를 유혹하드란 말이지.

김 씨　자네 설마.

장 씨　아니여, 난 우리말로 쏴붙였어, 막 해붙였당께. 야 이 대갈통에 피도 안 말른 것이 이게 대체 어디서 배워 처먹

은 버르장머리여. 야, 어린 게 어린 것답게 말여, 아저씨 먹을
것 좀 주세요 이랄 것이지 뭐여, 니가 지금 나헌티 몸을 팔것다
이거여. 이 쬐끄만 몸띵이에다 남자를 받겄다 이거여. 이 드런
작것이 있나 말여. 니 에미 애비가 너 이러구 다니는 거 아능
겨. 이게 어디서 이따위 짓거리여. 하, 이 싸가지 없는 걸 봤나.
니가, 이 가슴도 아직 지대로 안 나온 것이 어디 여자 행세를
할려들어 이게. 너 차라리 뒈져라.

난 총을 그 계집애 대갈통에다 처박았어.

너 같은 건 살 필요가 없응께 차라리 뒈져라. 일찌감치 뒈져.
어차피 이 땅에서 너 같은 기 더 자라봐야 몸 파는 년백이 할 거
없응께, 뒈져라. 그기 너 낳아준 니 부모 욕 안 멕이고 깨끗하
게 자식 도리 하는 기다. 이 드러운 지지배야.

고게 그저 주저앉드만. 그리고는 아무 말 없이 눈물만 흘리는겨.
허기사 뭐라고 씨불대봐야 나가 알아듣지도 못하는 말이지만
말여. 한참을 그라고 실랑이를 하다 봉께, 근디 어느새 나가 고
년을 내 품에 안고 있드란 말여. 그란디 참 이상허지. 그냥 나가
따뜻해지는기, 꼭 엄마 품이 이럴 거이다 그런 생각이 드는 거
여. 고것두 진정이 되焰는지 나헌티 이쁘게 한 번 웃드란 말여.
주머니를 뒤징께 꽁지꽁지 숨겨둔 백 달러짜리가 한 장 나오드
만. 그래 그걸 주믄서 말했지. 나가 또, 한 영어 안 하남. 고우 유
어 홈. 리브 굿. 굿 바이, 프리티 걸.

고게 이러드만. 유 아 어 굿 솔져. 유 아 어 굿 맨.

백 달러짜리 여자였당께, 고거이 바로.

김 씨   굿 솔져.

장 씨 가끔 고거이 생각날 때가 있당게. 지금은 아지매가 돼서 잘 살고 있나 고런 생각이 든단 말시. 리브 굿. 고렇게 말했응께 말여. 잘 살겄지.

김 씨 지독한 장길수가 타국에 가서 좋은 일 한 번 했군.

장 씨 월남이 나헌티 준 유일한 선물이랑께, 백 달러짜리 여자 말여.

4. 사랑해요, 고엽제

아스라히 추억에 잠겨 있는데 갑자기 호루라기 소리가 크게 들린다.

두 사람, 기합이 든 몸짓으로 얼른 일어나 부동자세를 한다.

지시사항을 듣는 듯한 포즈.

거수경례를 한다.

그리고는 풀을 베기 시작한다.

베어도 베어도 끝이 없는 숲.

뜨거운 햇살과 숨막히는 더위로 김씨는 거의 쓰러질 것처럼 보인다.

그래도 계속해야만 하는 풀베기 작업.

김 씨   저놈의 태양은 지겹게도 뜨겁군.

장 씨   이게 뭐여, 대체. 아, 우리가 총질하러 왔지 풀 비고 나무 비러
          왔다냐.

김 씨   바람도 한 점 없구. 비라도 좀 왔으면 좋겠다.

장 씨   이놈의 나무들, 하필이면 이런 놈의 땅에서 전쟁이여.

김 씨   전쟁이 땅 가리나.

장 씨   이놈의 풀 때문에 아까운 총알만 낭비하잖여. 총알이 사람을
          쏴야는디 나무가 다 가려줌께 말여.

김 씨　그러니 베야지.

장 씨　전쟁터서도 잘사는 나라랑 못사는 나라는 노는 기 다르당께.

김 씨　무슨 소리야.

장 씨　미군 양코백이놈들은 우리처럼 이 지랄 안한다니께.
　　　못사는 놈들은 이렇게 몸으로 때우고 잘사는 놈들은 약으로 싸
　　　악 해치운다 이거여.

김 씨　약이라니?

장 씨　거 오렌지라나 뭐래나. 오렌지 모르냐. 오렌지, 거 꼭 귤처럼
　　　생긴, 먹는 오렌지 말여. 그놈의 오렌지마냥 노란색 도라무통
　　　에 든 약이 있는디 그것만 좌악 뿌리믄 말여, 그냥 직빵이랴.
　　　나무고 풀이고 그냥 싹 죽는디야.

김 씨　그것만 있으면 우리도 이 고생 안 하겠군 그래.

장 씨　그랑께 말여, 우린 못사는 나랑께 그놈의 약도 못 사다 쓰는게
　　　벼. 야, 작것이여. 그놈의 약 좀 어디서 안 떨어지나.

김 씨　나무 죽이는 약이라 이거군.

장 씨　여그 풀이랑 나무들이랑 여간 질겨야지. 이놈의 풀 비는 일 징
　　　그럽당께. 나가 말여, 이따위 지랄이나 할라믄 애시당초 여그
　　　오지도 않았당께. 나가 말여, 나 진짜 사나이맹키로 살고 싶다
　　　이거여. 한번 사나이답게 신나게 쏴붙이고 장렬하게 전사하믄
　　　말여, 그러면 원 없다 이거여.

김 씨　사나이.

장 씨　남자가 말여, 시상에 태어나서 한번 폼나게 살고 사내답게 죽
　　　어야 쓰지 않겠어. 나 장길수 말여, 비겁하고 구질구질하게 오
　　　래오래 살고 싶은 생각 없응께. 그러니 풀비기나 하는 요놈의

꼬라지가 으째 맘에 들겄냐.

김 씨 세상살이가 어떻게 입맛대로 되겠어. 게다가 쫄다구 주제에. 시키는 대로 하는 것뿐이지, 우리가 무슨 생각이 있고 주장이 있나. 쏘라면 쏘고 기라면 기고 베라면 베는 거지.

죽으라면 죽고.

장 씨 난 고로코롬 안 산당께. 나, 징그럽게 독한 놈이여. 우리 부모 얼굴도 내는 모른당께. 그리고 이 날꺼정 살믄서 나가, 이 놈의 몸띵이가 시상에 나서 왔다 간 보람이 있어얄 긴데, 고래 나름 대로 노력하믄서 살고 있다 이 말이여. 이놈의 풀비기 겉은 일은 내 적성에 안 맞응께.

결론적으로 말하자믄 말여, 난 고만 헌다 말이시. 난 한바탕 자빠져 자고 이따가 밤 되믄 총질이나 하러 갈 거구먼.

장씨가 척하니 드러눕는다.

김씨도 앉아 쉰다.

마치 논일 하다가 쉬는 것처럼 잠시 한가롭게.

문득 하늘에서 빗방울이 후두둑 떨어지는 소리가 난다.

빗방울이 얼굴에 닿는 듯 장씨가 벌떡 일어난다.

장 씨 비가 오나?

김씨, 하늘을 올려다본다.

헬기가 타닥거리는 소리가 들린다.

장 씨 저거여, 바로 저거. 야, 살았다. 우리도 인젠 이놈의 지긋지긋한 풀베기 안 해도 된다 이거여. 저 비행기 보이지. 저그서 뿌려대는 기 바로 그 약이여. (환호하며 맞는다) 야, 시원하다. 야, 더 많이 뿌려라, 더 많이 뿌려. 우리도 인젠 고생 끝이여.

김 씨 시원해. 비가 오는군 그래. 하늘에서 비가 와.

오렌지색 드럼통이 배급된다.
두 사람, 통을 보며 기뻐한다. 통에는 '에이전트 오렌지'라고 쓰여있다.
가루를 만지며 뿌려대며 구세주가 온 듯이 환호한다.
철모에 가루를 가득 퍼담는다.

장 씨 (철모를 안고 비료를 뿌리듯 뿌려대며) 자, 이봐, 이렇게 뿌리는 것 두 있어. 자 빨리 뿌리자구. 저놈의 지긋지긋한 풀비기 인전 끝났구먼.

김 씨 과학이 발전한 나라는 역시 뭐가 달라도 다르군 그래. 이렇게 편한 약을 개발하고 말이야.

장 씨 그러니 미국이 위대하지. 인저 우린 진정한 군인이 되능겨. 농부멘키로 풀비기 따위는 안 해도 되능겨.

김씨도 철모를 벗어들고 약을 뿌려댄다.
헬기에서 내려오는 액체를 비처럼 환호하며 온몸에 맞는다.
입을 벌리고 마시기도 한다.
두 사람, 고된 노역에서 벗어난 해방감과 기쁨에 겨운 몸짓들.

5. 끝나지 않은 전쟁

심한 총격전의 소리가 어둠 속의 무대에 가득한 후.

종전에 관한 뉴스와 귀국용사들에 관한 뉴스가 들린다.

환영 행사 소식 등이 요란하게 들리고.

잠시 적막함.

'월남에서 돌아온 새까만 김상사' 등의 유행가 가락이 흐르는 다방.

김씨가 선을 보고 있다.

김씨는 왜소해졌고 기운이 없어 마치 다른 사람 같다.

두 사람 한참 동안 말이 없다.

김씨는 얼굴이 붉어진 채 고개를 숙이고 있다.

여 자　(더 이상 참을 수 없어) 항상 그렇게 말이 없으세요?

김 씨　커피나 한 잔.

여 자　전 이제 나이도 있고 결혼할 상대자를 원해요.

김 씨　아가씨, 여기.

여 자　조건이 맞으면 웬만하면 할려고 생각하고 나왔어요.

김 씨   커피, 두 잔.

여 자   돈도 좀 벌어 오셨다고 들었어요.

김 씨   주세요.

여 자   건강하고 성실한 사람이라면 결혼하려고 해요.

김 씨   물도 좀.

여 자   부모님도 안 계신다니 시집살이 시킬 일도 없겠죠. 우린 식구
가 너무 많아요. 지겨울 정도로요.

김 씨   (물을 마신다)

여 자   전 빨리 집에서 나가고 싶어요.

김 씨   커피.

여 자   제가 마음에 드세요?

김 씨   드세요.

여 자   네?

김 씨   아, 네. 커피, 드시라구.

여자는 지친 표정.

머쓱해진 김씨는 설탕을 넣기 위해 스푼을 든다.

손이 떨리기 시작한다. 여자가 이상한 듯 보자 더욱 떨리기 시작한
다. 한 손으로 찻잔을 잡고 한 손을 진정하려고 애써보지만 더욱 흔
들려 잔마저 흔들린다. 탁자까지 흔들릴 정도로 손이 흔들리고 도저
히 자신의 힘으로는 주체할 수 없는 지경이 된다. 혼란에 빠지고 당
황한 김씨는 어쩔 줄 모른다.

여자는 그를 유심히 본다.

커피는 완전히 잔 밖으로 쏟아지고 자신의 옷은 물론 여자의 옷에까

지 튄 상태. 여자의 난감한 표정.

김씨는 무슨 말을 하려는 듯 간절하게 그녀를 바라보지만 이미 그녀의 마음을 잡을 수 없다. 더욱 초조해져서 양손을 심하게 떨면서 울 것 같은 얼굴이 된다.

여자는 조용히 나가고 초라하게 남은 김씨.

겨우 멈춘 손.

덩그러니 매달려 있는 손을 낯선 물건을 보듯 내려다보는 김씨의 절망.

일어선다.

몇 발자국 걷다가 무릎이 아무 힘이 없는 것처럼 푹 꺾인다.

다시 일어선다. 다시 푹 꺾인다.

힘들게 무대를 한 바퀴 걸어서 도착한 곳은 좁은 방의 느낌을 주는 공간.

어둡고 우울한 모습으로 김씨가 웅크리고 앉는다.

고개를 파묻고 한참 동안 꼼짝 않는다.

작은 소리가 들려오기 시작한다. 사이렌소리 같기도 하고 신음소리 같기도 하고 짐승의 소리 같기도 한, 정체를 분명히 알 수 없는 소리. 점점 두려워하는 김씨. 구석으로 쫓겨간다, 뒤에서 누군가가 쫓아오는 것처럼. 소리에 쫓겨 달아나고 소리는 점점 위협적이 된다.

비명을 지른다, 그러나 겉으로 목소리가 나오지 않는다. 더욱 두려워하며 소리를 질러보지만 목소리는 나오지 않고 온몸은 땀에 공포에 젖는다. 계속해서 뒤를 돌아보며 방에서 뛰쳐나간다. 달려가 보지만 사방은 온통 막혀있다. 벽, 벽, 벽이다. 나갔던 문은 사라지고 그는

다시 방 안에 있다. 소리와 한바탕 전쟁을 치른 김씨는 지쳐 주저앉
는다.

6. 절망보다 두려운 희망

장씨가 경비실에 앉아 있다.

장씨는 무엇인가를 참는다. 이를 악물고 참는다.

그러다 끝내 자신을 못 이기고 다리에 손을 댄다. 무서운 것에 손을
대듯이 살짝.

긁는다. 손을 떼었다가 조금 세게 다시 긁는다. 가려움과의 전투가 시
작된다. 긁지 않고 버티려는 장씨와 긁으라고 아우성치는 몸 사이의
치열한 전투. 긁기가 점점 강도를 더해가면서 고통에 싸이는 장씨.

서랍 여기저기서 각종 약통을 꺼낸다. 뿌리고 바르고 문지른다. 딱지
가 떨어지고 피가 난다. 정신없이 몸 여기저기를 긁어대다가 지쳐 쓰
러진다. 흐트러진 각종 약병들.

장씨, 꼼짝도 하지 않고 그렇게 널부러져 있다.

아내 순덕이 경수의 사진을 들고 천천히 등장한다.

사진을 무대 한켠에 놓고 앉는다. 사진을 쓰다듬는 순덕의 멍한 눈길.

순덕의 웅얼거리는 소리.

기도 같기도 하고 탄식 같기도 하고 누구와 이야기하는 것 같기도 한.

잠시 후 경미가 경수가 누워 있는 간이침대를 밀며 들어온다.

경수는 야위고 창백하다.

온몸에 힘이 하나도 없는 무기력증의 상태로 누워있다, 마치 늘어진 인형같이 보인다.

경수의 서러움인 양 빗소리가 무대에 가득 찬다, 오랫동안.

경수와 경미의 무대

경 수 어렸을 때는, 비가 오면 좋았어.

경 미 장화도 없이 맨발로 물이 고인 곳에서 뛰어다녔지. 비를 맞으면 키가 크는 꽃처럼 나무들처럼 그렇게, 우리도 키가 쑥쑥 자라기라도 할 줄 알았지.

경 수 진흙탕에 넘어져서 뒹굴 때, 그땐 참 좋았어.

경 미 아무런 근심도 없었지.

경 수 내일에 대한 두려움도 공포도 모를 때.

경 미 내일이 오늘보다 나아질 거라는 희망이 아주 조금은 있었던 때.

경 수 그 진흙탕에서 놀 때, 거기가 바로 우리들의 살 곳이라는 걸, 우리가 살고 있고 앞으로도 살아야 하는 곳이라는 걸, 그땐 몰랐지.

경 미 진흙탕.

경 수 넌 연꽃이 되라. 연꽃은 더러운 곳에서도 하얗게 피어난다지.

경 미 그걸 믿어? 난 자신 없어.

경 수 바보. 넌 꼭 연꽃이 돼야 해.

　　　　날 봐. 난 진흙탕 그 자체야. 온몸에서 흘러내리는 이 고름덩어리를 좀 봐. 온몸을 덮고 있는 이 축축하게 뭉개진 피부껍데기를 좀 봐. 진흙탕 그 자체야.

경 미 언젠가는 새 살이 나겠지.

경 수 언젠가는. 희망을 갖는다는 건 두려운 일이야. 끔찍해. 차라리 절망하고 있는 게 더 나아. 절망하고 있다가, 혹시 그런 일이 생긴다면 그럼 정말 기쁠 거야. 아니 아니, 그렇지만 그것 또한 희망인 걸.

경 미 오빠가 행복하길 바래.

경 수 행복하길. 정말 처음 듣는 말이군. 세상에 그런 말이 다 있었나.

경 미 우리가 행복해질 길은 영 없을까?

경 수 똥냄새, 오줌냄새가 가득찬 여기서?
혼자선 아무 것도 하지 못하는 내가?
온몸이 썩어문드러져서 늘 질척질척한 이 몸뚱이로?

경 미 남은 걸 생각해 봐. 오빤 생각을 할 수 있잖아. 의식만은 또렷하잖아.

경 수 그게 남은 거라구? 제일 고통스러운 게 바로 그거지.
너 69와 70의 차이를 아니? 아님 89와 90의 차이는?

경 미 그게 뭐야?

경 수 아이큐가 69 이하인 자는 고도 장애자, 70에서 89 사이인 자는 중증도 장애자, 90 이상인 자는 경도 장애자. 흥, 고엽제 후유증 2세 환자의 장애등급 구분이지.

경 미 잘도 외고 있네.

경 수 내가 그 중 어딜 거 같니?

경 미 오빤 세 자리잖아.

경 수 아이큐와 상관없이, 대소변을 가릴 수 없는 자, 보행이 불가능한 자, 스스로 자기 보호를 할 수 없는 자. 바로 고도 장애에 속하는 자야.

그게 얼마나 대단한 건지 아니. 이렇게 누워만 있어도 돈을 벌 수 있는 위대한 장애. 길고 긴 세월을 이렇게 질퍽거리며 살았는데.

이제 드디어 돈을 준대.

경 미 돈.

경 수 그래, 돈.

똥 누고 뭉개는 게 십만 원, 오줌 싸고 뭉개는 게 또 십만 원, 일어나 걷지 못하는 게 십만 원, 지 힘으로는 아무 것도 할 수 없는 게 불쌍해서 또 십만 원. 그래서 합이 사십만 원이지.

경 미 정신이 인간을 인간답게 할 거야.

경 수 흥, 정신이 뭘 할 수 있지? 이렇게 누워서 똥 오줌 하나 내 힘으로 못하는 정신이 뭘 할 수 있어.

질퍽거리는 똥과, 오줌과, 썩어가는 피부와, 고름투성이의 이 껍데기. 아아, 온통 진창이야.

정말 이 진흙탕은 완벽해.

완전히 하나가 된 질퍽거림, 그 자체지.

위대한 고엽제여. 위대한 청룡부대여, 위대한 참전용사여, 그리고 위대한 우리 아버지.

경미야. 나, 똥 좀 치워 줄래?

경 미 (망설이는 표정)

경 수 미안해, 먹지 않는 건데. 밥이구 물이고 아무 것도 먹지 말았어야 했는데.

경미야, 나 어쩌니?

경 미   치워줄게. (가까이 가서 바지를 벗기려고 한다)

경 수   (날카롭게 소리지른다) 싫어. 싫어, 저리 가, 저리 가라구.

아버지더러 치우라고 해. 그 대단한 참전용사한테 와서 이 똥 치우라고 해. 아무도 만지지 마. 저리 꺼져버려. 그렇게 쳐다보지 마, 나 동정하지 마.

이 껍데기, 이 진저리 나는 껍데기, 언젠가는, 그래 언젠가는 이 더러운 껍데기를 벗을 날이 오겠지.

경미가 기세에 놀라 한켠으로 물러나면 순덕이 급히 다가온다. 서둘러 경수에게 다가가 똥을 치우는 몸짓, 경수의 마음을 상하게 하지 않으려고 눈치를 보면서.

경수의 목소리는 멀리서 들려온다. 감정이 들어가 있지 않고 높낮이도 없는, 책을 읽는 듯한.

경 수   (꿈꾸듯 아련하게) 난 죽을 거야.

순 덕   못된 놈.

경 수   죽을 거야.

순 덕   그만두라니까. 너만 그런 거 아닌데, 너보다 더한 사람도 있는데, 그런 생각으로 좀 견뎌볼 수 없겠냐. 악착같이 좀 살아보자.

경 수   악착같이 살아남아서.

순 덕   그래, 살아야지. 한번 태어난 목숨은 그렇게 쉽게 포기하는 게 아니야. 제발, 경수야, 딴 맘 먹지말고 응.

경 수   여자도 사귀고.

순 덕   그래, 그래야지, 좋은 여자도 만나야지. 아주 착하고 예쁜 여자.

경 수   그래서, 결혼하고.

순 덕   (점점 희망에 차서) 그래 그래, 그렇게 사는 거야.

경 수   아들 낳고.

순 덕   그래.

경 수   딸도 낳고.

순 덕   (흐뭇해져서) 그럼, 그래야지.

경 수   그리고, 이놈의 병도 물려주고.

순 덕   그래, 그래야지. 뭐? 뭐라구?

경 수   병도 물려주고, 이놈의 악착 같은 병도 물려주고, 세상에 너만 그런 거 아니니까 이겨내라고 달래면서.

순 덕   경수야.

경 수   그렇게, 그렇게 끔찍하게 살아볼까.
그애는 어른이 될 때까지 악착같이 살아남아서 다시 결혼하고 자식을 낳고, 또 그 자식한테 너만 그런 거 아니니까 참고 살아라, 너보다 더한 놈도 산다, 그렇게 달래야겠지. 그래야겠지.

순 덕   경수야, 이놈아.

순덕이 경수를 붙잡고 우는 동안 경수는 꼼짝하지 않는다.
잠시 후 화들짝 놀라는 순덕.

순 덕   경수야, 경수야, 정신차려. 대체 어떻게 된 거야. 이번엔 또 뭘 처먹은 거야, 이놈아. 여보. 빨리 와봐요. 이놈이 또 약을 처먹

었나 봐. 빨리 와, 빨리 오란 말이야. 빨리 와서 내 자식 살려
내. 이 웬수야, 내 자식 살려내라구. 내 자식 죽으면 당신도 끝
장이야. 당장 내 자식 살려내.

장씨가 달려온다. 일으켜 토하게 하는 시늉. 늘어져 있는 경수. 침대
를 밀고 달려 나가는 장씨. 순덕이 미친 듯이 침대를 부여잡고 뒤따
라 나간다.

빈 무대에는 빗소리가 한참 동안.

잠시 후 되돌아온다. 몹시 지친 세 사람.

경 수 제발, 제발, 나, 죽게 해 줘.

순 덕 안 돼. 절대 안 돼. 너 죽으면 나도 따라 죽는다. 경수야, 제발
엄마 좀 살려줘.

경 수 다시는 살려내지 마.

순 덕 경수야, 우리, 저기 시골에 가서 살자. 엄마랑 콩 심고 감자 심
고 그렇게 산 속에서 살자. 엄마랑 그렇게 조용히 살자.

경 수 콩 심고, 감자 심고. 그렇게 살지, 대체 왜 날 낳았어.

순 덕 그런 소릴.

경 수 사람 노릇 제대로 못하고 살 거, 이렇게 병신 소리 들으며 살 거,
도대체 왜 낳았냐구. 날 죽여줘. 죽게 내버려 두라구, 부탁이야.
사는 게 죽느니보다 못한데 왜 날보고 억지로 살라는 거야.
날 죽게 해주면, 날 태어나게 한 걸 더 이상 원망 안 할게.

순 덕　경수야, 제발, 제발 좀 그만해.

경 수　날, 내,버,려, 둬. 진,짜,야.

무대가 흐릿한 어둠 속에 묻히고 나면 한구석에 그림자로 의자에 쓰러지듯 앉아 있는 경수가 보인다. 마치 인형처럼 (혹은 진짜 인형을 사용) 야위고 힘없이 늘어진 몸뚱이를 누군가가 끌고 가서 목을 매는 일을 도와준다. 의자에 올라가 천장에 끈을 맨다. 목이 들어갈 만큼의 둥그런 모양의 줄을 두고 잠시 망설인다. 경수를 끌어다 목을 걸어준다. 또 잠시 망설인다. 마침내 의자를 걷어차고 급히 퇴장. 작은 신음소리. 툭 떨어지는 몸뚱이. 그림자로 그렇게 한참을 매달려 있다.

장 씨　못난 자식. 자식이 애비보다 앞서 갔다니께.

　　　　　상상이 안 되겠지. 자식을 먼저 보낸다는 게 어떤 건지 말여.

　　　　　그 자식은 죽은 게 아니라 뒈진 거여. 아주 싹, 잘 뒈졌지. 그런 놈은 아예 미리 없어지는 게 낫다니께. 안 그려. 고엽제 새끼들이 저만 아니잖여. 다른 놈들은 다 이겨내고 사는데 왜 그 바보 같은 자식만 그렇게 죽었냐 이 말이여. 잘 죽었지. 암, 차라리 잘 죽었다구.

순 덕　(경수의 말투로 혹은 경수와 이야기하듯) 사는 게 죽는 거보다 더 어려워. 불쌍한 우리 애기.

장 씨　그놈이 말이여. 한 번은 약을 먹었는디 눈이 휙 돌아가드라구. 들쳐업고 병원에 가서 다 뱉어내고 위 씻어내고 그랬는디. 또 병이 도진 거여. 아예 이번엔 확실하게 목을 맨 거여.

　　　　　발로 의자를 탁 찼는디 이놈의 의자가 진짜로 나가버린 거여.

그놈의 축 늘어져 있는 몸뚱이를. 그 끔찍한 꼴이란.

순 덕 우리 애기. 세상에 착하고 죄 없는 우리 애기. 이제 편하냐. 이제 맘이 좀 가라앉았냐.

장 씨 난 내가 먼저 죽지 않은 걸 얼마나 후회했나 모른당께. 나가 무슨 좋은 꼴을 볼라고 그놈의 전쟁터에서 죽지 못하고 이렇게 살아왔는지 말이여.

순 덕 됐다. 니가 좋다면, 너 하자는 대로 해야지. 죄 없는 자식, 너 하자는 대로 해야지.

장 씨 아니. 이놈의 자식한테 내가 아주 뽄때를 보여준다, 나가 그렇게 단단히 결심했다니께. 난 말이여, 난, 악착같이 살 거여. 암, 끝끝내 살아야지.

바보 같은 놈. 못난 놈, 증말 못난 놈.

순 덕 경수야, 잘 있거라. 그리고 배고프면 엄마한테 와.

엄마 없으니 배고프면 어디 가서 밥 먹고, 추울 때면 누구한테 옷 얻어 입을래. 경수, 불쌍한 우리 아들. 착한 우리 아들. 날마다 니 밥 차려놓을 테니까 언제든지 오렴. 언제나 니 자린 그대로 있을 테니까. 자장 자장 우리 아들, 자장 자장 우리 아들.

장 씨 그만둬, 난 그놈의 싹수없는 놈일랑 싹 잊을 텡께. 난 그놈 몫까지 살아야 하니께 더 독하게 맘먹고 살아야지. 나가 누구여, 난 죽음을 넘어서 여기까지 살아온 역전의 용사 아니여. 자랑스런 청룡부대 용사랑께.

자네, 안 그런가. 우린 너무 독해서 웬만한 일론 끄덕도 않잖여.

암전.

7. 원죄의 그늘

경미가 혼자 앉아 있다. 그러나 누군가와 마주 앉아 있는 분위기.
고개를 떨구고 울음이 터질 것 같은 경미가 겨우겨우 말을 이어나가
고 한 마디가 끝날 때마다 상대방이 무언가 말하고 있는 것처럼 사
이를 둔다.
남자와 헤어지려는 경미와 이유를 묻는 남자 사이의 안타까움과 대립.

경 미 아니에요. 그런 거 아니에요. 당신 사랑해요. 너무 사랑해요.

경 미 그냥 보내줘요. 말하고 싶지 않아요.

경 미 다른 남자 같은 건 없어요. 당신 말고 사랑하는 사람은 아무도
없어요. 앞으로도 아무도 사랑하지 않아요. 내 사랑은, 당신뿐
이에요.

경 미 그런 오해는 하지 말아줘요. 얼마나 당신 사랑하는지 알잖아요.

경 미 그냥, 우리 인연이 이것뿐이라고 요만큼밖에 우리 인연이 닿아
있지 않는 거라구, 그렇게 생각해줘요.

경 미 말할 수 없어요.

경 미 사랑이 변한 게 아니에요. 어떻게 내 사랑이 변할 수 있겠어요.

경 미 다음 세상에서 당신을 다시 만나게 되길 기도할게요. 그것밖에

없어요.

경미   당신을 불행하게 만들고 싶지 않아요.

경미   헤어지는 건 순간이에요. 당신은 다시 사랑을 시작할 수 있을 테고, 난 살아있는 동안 내내 당신을 그리워하겠지요. 그렇지만 당신을 떠날 수밖에 없어요. 사랑이 깊어서, 당신을 향한 내 사랑이 너무 깊어서 떠나야만 해요.

경미   우리에겐 미래가 없어요. 당신마저 내가 사는 어두운 세상으로 끌어들일 순 없어요. 우린 다른 세상에 속해 있어요. 결코 화합할 수 없는 그런 세상. 내가 있는 곳은 온통 암흑뿐이에요. 진작에 당신을 떠났어야 했어요. 그랬으면 이렇게 우리가 서로 고통스럽진 않을 텐데.

모두 내 잘못이에요.

용서해 줘요. 당신 곁에 조금이라도 더 있고 싶었어요, 안 되는 줄 알면서도 어떻게 방법이 없을까 생각하고 있었어요.

경미   네, 방법이 없어요.

우린 세상에 또 나같이 불행한 아이를 만들 거예요.

경미   죽는 게 사는 거보다 나은, 그런 아이요.

경미   희망을 가질 수도 꿈꿀 수도 없는, 온통 절망뿐인 아이요.

경미   아니에요, 난 그런 여자 아니에요. 그런 병은 아니에요.

경미   그렇지만 어쩌면 그보다 더 무서운 병이지요. 천형과도 같은 것.

경미   원죄 같은 거요. 내 잘못이 아닌데도 짊어지고 다녀야만 하는, 살아있는 한 절대 벗어날 수 없는 원죄.

경미   그래요, 이제 그만할게요. 당신과의 마지막 날인데. 이렇게 우울하게 보내는 건 싫어요. 사실, 참 아름답게 당신에게 내 마지막 모습을 보여주고 싶었어요.

경 미   그런 생각도 했었어요. 근사한 남자랑 결혼한다구 당신보다 더 멋진 남자랑 결혼할 거라구, 그렇게 말하는 거요. 그럼 당신은 떠나버린 나를 미워하기만 하면 될 거구, 더 쉽게 다시 시작할 수 있을 거라구, 그렇게도 생각했었어요.

경 미   그런데 난 당신에 대한 내 사랑이 그렇게 하찮은 것이었다고 거짓말할 수는 없었어요.

경 미   이제 가야겠어요. 이러다가 정말 또 주저앉고 싶어질 것 같애요. 당신 곁에 조금이라도 더 있고 싶다 그렇게 욕심부리게 될 것 같애요. 마음이 약해지기 전에, 그만, 가는 게 좋겠어요.

경 미   사랑했어요. 이렇게 떠나는 게 정말 내 사랑인 걸 믿어줘요. 당신을, 영원히 잊지 않을 거예요, 내가 살아 있는 한 영원히.

경미 일어나 퇴장한다, 우울한 그림자가 길다.

8. 그래, 모두들 가라

장 씨 (경미의 이야기를 듣고 있었던 것처럼) 인간이란 다 외로운 거이
다. 인생이란 본시 그런 거여.

순 덕 호강독에 빠진 소리도 하고 앉았네. 당장 입안에 거미줄 칠까
봐 걱정인 판국에. 하이고, 고상도 하셔라.

장 씨 무식한 예펜네. 그러니께 이 마누라야, 우린 대화가 수준이 안
맞는겨.

순 덕 잘났군. 하두 잘나서 아들 죽이고 딸년 내쫓고, 그러구 살겠지.

장 씨 또 그 소리. 지발 그만 좀 혀두라고. 당신도 나가고 싶으면 나
가. 공연한 핑계거리 찾지 말구.

순 덕 나가긴 내가 왜 나가. 당신이 나가야지. 이 집이 누구 집인데
내가 나가.

장 씨 그려? 나야 겁날 거 없다 이거여. 이 한 몸띵이 어디 가도 잘 살
자신 있응께.

순 덕 그럼 제발 좀 나가줘. 난 당신 보는 게 악몽이야.

장 씨 나쁜 년.
그려, 넌 나가 죽기를 바랄 테지. 나가 모르는 줄 알겠지만 말
여, 난 다 알고 있었당께. 니가 요즘 그 비디오집 개자식하고

　　　　　붙어먹는 거 말이여.

순 덕　　흥.

장 씨　　모른 척 눈감아 중께 이게 증말로 서방을 우습게 아는 거여 뭐
　　　　　여.

순 덕　　잘나고도 대-단한 서방이지.

장 씨　　남편이 시퍼렇게 살아 있는디 다른 놈하고 재미보는 드러운 년.

순 덕　　뭘 잘한 게 있어서 이렇게 당당하셔?

장 씨　　(때릴 듯한 포즈) 너 오늘 증말 죽고 싶냐.

순 덕　　그래, 속 시원하게 한바탕 해보자.
　　　　　잘난 당신이나 나한테 한번 맞아봐. 이 속 터지는 년한테 한번
　　　　　맞아보라구.

장 씨　　이게 아주 바람나드니 눈에 비는 기 없구만그려.

　　　　　과장되게 때리고 맞는 몸짓이 시작되고
　　　　　곧 정지된 움직임 사이로
　　　　　소리만.
　　　　　그리고 난 후 정적.
　　　　　널부러진 순덕과 김씨.

장 씨　　(가라앉아서) 나두 말이여, 당신하고 허구 싶었어. 당신하구 같
　　　　　이 자구 싶었다니께. 그렇지만 할 수가 없는 걸 워칙혀. 당신의
　　　　　건강한 몸이 얼마나 나를 미치게 혔는지, 당신은 몰러. 그려두
　　　　　난 암말 안 했어. 그냥, 참았지.
　　　　　그려, 참는 거 말구 달리 뭘 할 수 있었겄어.

앞으로두 난 병신이여. 병신으로 살 수밲이 없다니께, 그렇지 만, 그려두 난 살구 싶어.

순 덕 살고 싶다니, 나보다 낫군. 난 살기 싫어. 날 좀 죽여줘. 난 지 긋지긋하기만 해.

장 씨 다 알고 있었당께, 처음부터. 그냥 모르는 척헌 거여. 왜냐면, 아니, 아니여, 뭔 부질없는 소리여.
다시는 그 자식 얘긴 안 할겨. 정말이여, 나 그 얘긴 죽어도 안 할려구 했었어. 허지도 못하는 새끼가 무슨, 꼴에 질투냐구 말 이여, 그렇게 내 마음을 다져먹곤 했었다니께.

순 덕 근데 왜 해, 왜 나만 나쁜 년 만들어. 모른 체할 거면 끝끝내 모 른 체하지.

장 씨 나, 당신 욕 안 혀. 당신도 드럽게 팔자 기구한 여자구, 불쌍한 여자잖여. 당신 원망 안 혀. 당신두 이만큼 살아온 게 지독하지 뭐. 남편이라구 어디 약에다 쓸려구 찾아도 쓸모란 조금치도 없는 무능한 인간을, 버리지도 않고, 헤지자 소리도 안 하구 여 태까지 같이 살아준 게, 고맙지. (쓸쓸해져서) 남편 노릇을 뭐 헌 게 있어야지.

순 덕 오해야. 나, 그렇게 나쁜 년도 독한 년도 못 돼.
바람 필려면 새파랗게 젊을 때, 진작에 피웠지. 이제 나이 잔뜩 먹고 무슨 새삼스럽게.

장 씨 그려, 부정해 줘. 당신이 나를 완전히 무시하고 그놈하고 놀아 난다면 나도 증말 괴로울겨. 당신이 조심해줘서 고마워. 허기 사 나가 끝까지 모를 수 있었으면 더 좋았을 틴디. 아니여, 그 건 내 욕심이지. 당신은 정숙한 여자여. 다시는 나한테 들키지 말어. 그럼 나도 당신을 믿으면서 살텡게. 당신 좋은 여자여.
그려, 나한테는 분에 넘치지.

순 덕   난 그저, 그저 그 사람이 친절하게, 어려운 일 있을 때마다.

장 씨   (신경질적으로 말을 막으며) 핫따, 인제 고만허장께. 나두 자존심
이란 게 조금은 있다 이 말이여, 아무리 여펜네한테 인정 못 받
는 놈이래두, 그래두 나두 사내란 말시. 더 이상은 하지 마랑
께. 지발 인제 고만 허드라고잉.

순 덕   오해가 풀릴 날이 올 거야.

장 씨   다 그만둬.
어쨌든 난 애비 노릇은 허구 싶어. 당신헌티 남편 노릇은 지대
로 못허고 살았지만, 그리고 앞으로두 그렇겠지만, 그려두 난
애들하고는 끊어질 수 없는 애비잖여. 경수는 이미 그렇게 됐
구, 경미라두 잘사는 거, 꼭 보구 싶응께.

순 덕   나쁜 년. 죽었는지 살았는지 소식도 없고.

장 씨   우리 경미 시집가는 거만 보믄 나 진짜 죽어도 원 없당게.

순 덕   지 풀에 물러서는 년, 못난 년.

장 씨   웨딩드레슨가 거 뭐여 그 신부들 입는 옷 있잖여, 그거 입으면
우리 경미 겁나게 이쁠겨.

순 덕   그런 거 입을 날이 올까.

장 씨   원체 인물이 있응게. 나 우리 경미 손 잡고, 음악에 맞춰서 입
장하는 거 말여, 나 그것 좀 꼭 해보고 싶당게.

순 덕   오죽이나 좋을까.

장 씨   우리 경미 잘 살겨. 나가 보통 독한 놈이 아닝게. 우리 경미도
내 자식 아닌개벼. 그것도 솔찬히 독한 구석이 있어. 그렇게 호

락호락하게 인생헌티 끌려다닐 놈이 아니랑게. 한가닥 할거.
꼭 잘 살겨.

순 덕   술집 같은 데로 간 게 틀림없어. 어차피 시집가서 제대로 살긴
글렀다고, 그렇게 생각한 년이 어디로 갔겠어.

장 씨   다 내 죄여.
내가 뿌린 죄여. 이럴 줄 알았으믄 나가 결혼만 안 혔으믄 되는
긴디, 아니 처음부터 그놈이 말을 안 들었으믄 말여, 새끼도 안
생겼을 거 아녀. 왜 달랑 죄없는 새끼만 둘 만들어놓고 꼼짝달
싹을 안 하는가 말여. 에이 이놈의 우라질 것.

순 덕   그놈의 잘난 고엽제가 준 선물이지. 돈은 커녕 몹쓸 병만 가지
고 왔으니. 하고많은 남자 중에 어째 꼭 당신같이 돈 없고 지독
한 병에 걸린 인간하고 눈이 맞았을까. 인생살이도, 참 불쌍한
년이야.

장 씨   그래도 우리 딸 경미가 어딘가 살아있을 테구, 살아있으면 언
젠가는 만날 수 있을겨.

순 덕   그래서 말인데. 나 경미 찾으러 나갈려구. 헤집고 다니다 보면
어딘가에서 만날 것만 같애.
이 집은 정말 견딜 수 없어. 경수 떠난 뒤로는 어딜 봐도 그애
가 밟혀. 근데, 이제 경미마저 그렇게 가버리고.
난 이 집이 싫어. 여긴 전쟁터야. 여긴 한국땅이 아니야. 여긴
아직도 월남이야. 피비린내가 나고, 고엽제가 뿌려지고, 온통
죽음의 냄새만 가득해.
경미 찾아 어디든 갈 거야. 에미하고 딸 사인데, 지가 나하고
세상에 딱 둘뿐인데 어떻게 끌리는 게 없겠어. 난 발길 닿는 대

로 가겠어. 이 집에서 기다리는 건 숨이 막혀. 미칠 것 같애. 당신이 집에 남아. 경미 만나면 같이 돌아올게. 꼭 만날 수 있을 거야. 우린 세상에서 하나뿐인 핏줄이거든.

순덕이 광기에 휩싸여 나가고 장씨 혼자 한참을 서 있다.

장 씨   가, 그려, 가. 다 가. 모두 다.
나가 워칙케 막을 수 있겠어.
그래도 말여, 난 이놈의 악착 같은 인생이란 놈헌티 말여, 나 안 진당게. 꼭 이기고 만당게.

9. 깊어가는 외로움

김씨가 혼자 앉아 있다. 아무 것도 없는 작은 방. 구석에는 거울이 하나 벽에 기대어 서 있다. 김씨, 거울을 싸울 듯이 노려보고 있다.

김 씨 그래, 우린 독종이야. 안 그러면 어떻게 지금까지 살아 남았겠나. 지독한 독종이지.

그런데 말이야, 정말 그럴까?

내가 독한 놈이라구?

자넨 분명 그래. 자넨 사나이 중의 사나이지.

그렇지만, 난, 아냐.

난 점점 나를 모르겠어.

자넨 내가 누군지 아나?

난 거울 속에 들어 앉아 있는 저 인간을 보면서 말이야, 저게 누군지 몰라서 늘 헤맨다네. 저놈이 누군데 남의 방에 와서 앉아 있나, 아무리 생각해도 알 수 없는 놈인데 말이야. 생판 처음 보는 놈이 척하니 남의 방에 수인사도 없이 버티고 앉아 있단 말야. 그래서 물었지. 너는 누구냐. 그러면 저놈 대답이 또 걸작이야. 묻는 말에 대답은 않고, 너는 누구냐, 이렇게 되묻는

단 말이야. 도무지 대답이란 걸 할 줄 모르거든. 세상 천지에
예의도 모르고 뻔뻔하기가 그지없는 놈이란 말이야. 그래 저번
에는 저놈을 냅다 들어서 던져버렸지.

미친놈. 힘도 하나 없는 놈이 그냥 사라져 버리는 거야. 그런데
그놈이 또 한편으로는 어찌나 악착같든지 말이야. 그 산산조각
난 사이로 나를 쳐다보고 있는 거야. 그것도 똑바로, 싸울 듯한
표정을 하고는 나를 노려보는 거지. 한 마디 대꾸도 못하는 놈
이 말이야. 난 정말 미칠 듯이 화가 났어. 그래서 아주 가루를
만들어 버렸지.

그런데 어떻게 된 줄 아나.

빈 방에, 아무도 없는 빈 방에 나 혼자 앉아 있자면 말이야.

너무 쓸쓸해서, 너무 외로워서 견딜 수가 없어.

방 안은 온통 내 숨소리로 가득 차고 내가 뿜어내는 담배연기가
자욱한데, 그런데 정말 아무도 없는 거야. 자넨 세상에 완전히
혼자라는 거, 그게 어떤 건지, 상상이나 할 수 있겠나.

어떻게 했겠나, 거울을 다시 살 수밖에. 그거라도 있어야 하릴
없는 눈싸움이라도 하고 앉아 시간을 보낼 수 있거든.

가끔은 내가 살아있는 건지 죽은 건지, 그것조차 모르겠어. 도
무지 그걸 확인할 수가 없는걸.

쓸쓸하게 침묵 속에 앉아 있다가
아픔을 느끼는 듯 얼굴을 찡그린다.
다리를 걷어붙이고 약을 바르고 주무르기 시작한다.

김 씨   내가 살아있다는 걸 확인하게 해주는 건 때때로 나를 몰아붙이는 이 통증이야. 이건 내 자식 같아. 난 자식이 없지만, 아마 자식은 이런 거겠지 하고 생각할 때가 있어. 이 끔찍한 통증이 나를 살게 하고 내 존재를 확인시켜 준다는, 그런 의미에서 말이야.

어제는 이놈의 다리에 바르는 약이 떨어져서 약을 사러 갔지. 오랜만에 거리에 나갔어.

김씨가 주눅들고 어색한 몸짓으로 거리를 걷는다.
뒤에서 발자국 소리가 난다. 뒤를 돌아보고 싶어하면서도 그러지 못하고, 누군가가 자기를 쫓아온다고 생각하고 두려워하는 표정을 짓는다. 구두소리가 가까이 올수록 더욱 긴장되는 표정. 구두소리가 바로 뒤에 왔을 때는 거의 숨이 멎을 정도로 긴장한다. 구두소리가 그를 지나쳐 가자 비로소 안도의 한숨. 이때 무릎이 푹 꺾여 힘없이 주저앉고 만다.
같은 일이 두어 번 반복되다가 버스를 타고 자리를 잡고 앉는다. 문득 뒷사람이 의심스러워진다. 뒤를 돌아보고 싶지만 자제한다. 그리고는 유리창으로 뒷사람의 동태를 살핀다.

김 씨   버스를 탔는데, 뒤에 앉은 놈이 말이야. 꼭 나를 죽일 것만 같았어.

내 목을 당장이라도 눌러 죽이는, 그런 생각이 들어서 말이야. 난 초조해져서 안절부절했어. 물론 당장이라도 일어나서 그놈에게서 벗어나고 싶었지. 그렇지만 섣불리 움직였다가 공연히 그놈을 흥분시키는 결과가 된다면, 꼭 그놈이 나를 죽이려고 했던 건 아닐지라도 말이야, 내가 자극하면 충동적으로 나를 죽일 수도 있는 거 아니겠어. 난 그런 생각으로 부들부들 떨었지.

그놈이 내게 이렇게 말하는 것 같았어. 다른 사람들이 눈치채지 못하도록 가만히 있어. 그리고 너의 목적지까지 가는 거야. 얌전히 있으면 해치지 않을 수도 있어. 그렇지만 섣부르게 함부로 움직였다간, 넌 끝장이야.

난 완전히 얼어붙었어. 겨우 내가 내려야 할 곳에 도착했을 때 난 천천히 아주 조심해서 일어났지. 내 뒤통수는 여전히 앞을 향하고 있었지만 내 뒤에 앉은 그 작자에게 이렇게 묻고 있었지. 내려도 될까요. 제발, 쏘지 마세요. 전 이제 조용히 내릴게요. 당신을 자극하는 행동 따윈 하지 않아요. 사실 전 중요한 인물도 아니에요. 당신이 관심을 가질 만한 그런 사람이 못 돼요. 전 그저 하찮은 놈에 불과하다니까요.

버스에서 내렸을 때, 난 겨우 내 뒷좌석의 그 작자를 보았어. 과연 건장한 놈이더군. 휴우, 난 한숨을 내쉬었지. 정말 구사일생이었다네.

김씨가 바쁜 걸음으로 좌우를 살피며 무대를 빠져나간다, 마치 탈출하듯이. 그러다 다시 무릎이 푹 꺾여 무너지듯 주저앉고 어색하게 다시 일어나 비틀거리며 걸어간다.

10. 내가 아니야

장씨의 경비실.

김씨가 쫓기듯이 들어온다.

환청이 시작된다.

무대를 가득 메운 각종 불쾌한 소리들. 김씨의 일그러지는 얼굴.

참을 수 없이 고통스러워 거의 울 정도까지 된다.

김 씨 (귀를 막으며) 또 들려온다. (귀를 꼭 막는다) 그래도 들려.

(사방을 둘러본다) 어디서 들려오는 거야. 이 소리. 제발 그만 좀

해.

(허공에 대고 누군가에게 사정하듯, 횡설수설) 내가 잘못했어, 정말

그럴려고 했던 건 아니었어, 실수였다구. 정말이야, 믿어줘.

장 씨 (장씨가 김씨의 상관 역할을 대신한다, 야비하고 냉혹한 분위기, 권

위적이고 단정적으로) 넌 사내가 아니야.

김 씨 …….

장 씨 지금까지 단 한 명도 해치우지 못한 놈은 너밖에 없어. 계집애

같은 놈.

김 씨 저, 저, 일부러 그런 건 아닙니다.

장 씨   언제나 니 놈이 있는 쪽은 빈틈이지. 그쪽으로만 가면 병신 같은 놈 하나가 멀대같이 서서는 총을 떨어뜨릴 정도로 벌벌 떨고 있으니까.

　　　　놈들은 기가 막히게 살 길을 찾지.

김 씨   그건, 제가 마침 지형적으로 그런 쪽에 있었기 때문에.

장 씨   닥쳐, 어디서 변명이야. 치사한 놈. 그게 바로 너야.

김 씨   시정하겠습니다.

장 씨   너, 오늘 작전 있는 거 알지.

　　　　난 말이야. 너같이 기집애 같은 놈들만 보면 피가 거꾸로 솟는다구. 오늘 니가 사내라는 걸 한번 증명해 봐. 오늘 안으로 니 총에서도 총알이란 게 나가게 해보라구. 사람 대갈통을 한번 박살 내보라 이거야.

　　　　내일 새벽 네 시, 우리 공격이 끝날 때까지 니놈이 잡아 죽인 놈의 신원을 보고해.

　　　　그렇지 않으면 말야. 그땐 정말 어쩔 수 없지. 널 기집애로 간주하겠어. 무슨 뜻이냐 하면 말이지. 우리 부대에도 거 취향이 이상한 새끼들이 있거든. 너같이 기집애 같은 놈을 좋아하는 새끼들이 있다 이 말이야. 그놈들한테 너를 소개해주지. 근사한 진짜 기집애가 있다구 말이야. 그 새끼들 취향이 내 맘에 드는 건 아니지만 말야, 너 같은 놈한테는 썩 잘 어울리는 자리지. 아마 멋진 파트너가 돼 줄 걸. 만약 그게 싫으면 너도 사나이라는 걸 증명해 보이라구.

　　　　하기야 내가 더 이상은 너를 못 참아주겠어. 까짓 거 너 같은 놈 하나 정도는 전투에서 죽은 걸로 보고할 수도 있어. 너 같은

놈 뒈져두 그만이거든. 아무도 사병 따위 하나 없어져두 신경
안 써. 그게 더 낫겠나.

아, 아, 그래두 사는 게 좀 낫겠지.

이상.

긴장한 김씨, 거수경례를 붙인다.

초조한 표정.

총을 들고 쏘는 시늉을 해본다.

잔인한 표정을 지어본다.

냉정한 웃음을 흘려본다.

혼돈 상태.

갑자기 팡 하는 총성이 날카롭게 울리면서 김씨가 굳어진다.

장씨가 상관의 모습으로 보고 있다가 박수.

장 씨 잘했어. 바로 그거야. 그렇게 할 수 있잖아. 역시 난 유능해.
자, 너도 나 같은 사나이 중의 사나이를 상관으로 모신 걸 영광
으로 생각해라.

김 씨 (노래하듯 기계적으로) 전 남자예요. 사내예요.

장 씨 그래. 앞으론 더 잘할 수 있겠지.

김 씨 네.

장 씨 그 패거리들 말이야. 실망하겠는걸. 이쁜 기집애 같은 놈을 하
나 보낼지 모른다고 귀띔을 해두었거든.

김 씨 근데, 말씀드릴 게.

장 씨 그래, 뭐지, 사나이.

김 씨 아까 제 총에 맞은 사람이.

장 씨 아아, 이왕 나간 총알에 대해서는 후회도 미련도 갖지 마. 전쟁이란 다 그런 거야.

김 씨 군인이 아닌 것 같았어요.

장 씨 그럴 리가 있나. 그 시간에 그런 교전 지역에 있는 사람은 모두 군인이야. 설사 복장이 군복이 아니더라도 말이야.

김 씨 너무.

장 씨 뭐지.

김 씨 너무, 너무 어렸어요.

장 씨 자, 그만둬. 자네 겨우 사나이가 된 이 마당에 쓸데없는 소리로 다시 기집애로 돌아가고 싶어? 설마 그런 건 아니겠지.

김 씨 그 소년이 내 총에 맞고 뒤를 돌아보았는데, 쓰러지면서 나를 바라보았는데.

장 씨 어쩔 수 없는 놈이군.

　　　　군인이든 양민이든 아무 상관없어. 명수만 채우라구. 상부에 보고만 하면 돼. 자, 오늘은 모두 몇 명이지?

김 씨 고향에 두고 온 동생 얼굴이 생각났어요.

장 씨 미친놈이군. 완전히 구제불능이야.

김 씨 그앤 겨우 열 다섯 살이거든요.

장 씨 인정사정 보지 마라. 자 그럼, 오늘 전과를 보고하도록.

김 씨 몸이 약해요. 죽을 고비도 몇 번씩이나 넘겼어요.

장 씨 뭐라구? 겨우 이거밖에 안 돼?

김 씨 간신히 살아가는 앤데, 어쩜 그 동안 더 아픈지도 모르겠어요.

장 씨 이 새끼들 완전히 군기가 빠졌군 그래.

김 씨   어쩌면 죽었을지도 모르지요. 오늘요 바로 오늘.

　　　　왠지 자꾸만 내 동생을 죽인 거 같은 생각이 들어서요.

장 씨   늬들 말이야, 비싼 딸라 받으면서 제대로 안 하면 말이야. 그냥
　　　　팍 보내버리는 수가 있어. 야, 새꺄, 저기 멀대같이 서서 헛소
　　　　리하는 놈, 그래 너 말이야, 너 먼저 이리 와, 박어. 대가리 박
　　　　어. 모두들 이 새끼를 밟는다. 실시.

　　　　김씨가 린치를 당하는 듯 괴로워한다.
　　　　그때 다시 탕 하는 총성.
　　　　어느새 김씨가 장씨에게 총을 겨누고 있는 자세.
　　　　쓰러지는 장씨.
　　　　넋이 나간 모습으로 서 있는 김씨.

　　　　잠에서 깨어나듯 고개를 몇 번 흔들면 현재.
　　　　여전히 들려오는 미세한 소리들.
　　　　머리를 움켜쥐고 다시 고통에 빠지는 김씨.

김 씨   정말 나 아니야. 정말 난 아니라구. 제발 믿어줘. 몰라, 누군지
　　　　몰라. 하여튼 난 아니야. 그건 실수라구. 미안해. 그렇지만 이
　　　　젠, 이젠 그만 날 좀 놓아줘. 그만 좀 하라구. 제발 부탁이야.
　　　　날 믿어줘. 정말 난, 모른다구. 난 몰랐어. 베트콩인 줄만 알았
　　　　어. 정말, 난 몰랐어. 그건 작전이었어. 난 몰라, 정말 모르는
　　　　일이야. 날 그만 좀 놓아줘, 제발.

김씨가 머리를 감싸안고 괴로워한다. 흰 천으로 씌워놓은 거울을 끌어다놓고 천을 벗겨낸다. 거울을 향해 이야기를 시작한다. 진지하게 친구에게 말하듯이.

김 씨   난 정말 미칠 것 같다구.

하루 종일 이상한 소리가 들려오지, 그 소리들은 아주 복잡해. 한 가지도, 분명한 것도 아니야. 그저 많은 것들이 뒤섞여 있어. 그런데 그 소리들이 들리기 시작하면 난 아무 것도 할 수가 없어. 소리가 내 몸 속으로 들어가서 내 영혼을 온통 휘감아버리는 그런 느낌이야. 저 소리들이 내 생명을 야금야금 갉아먹고 있어.

그뿐이 아니야, 몸 속에는, 틀림없어, 아마 수류탄 조각이나 총알이나 그런 게 잔뜩 들어있는 것 같아. 정말이야, 하루 종일 그것들이 내 몸 속에서 돌아다녀. 여기저기를 마구 찔러댄다구. 그게 얼마나 아픈지 상상도 못할 거야.

자, 내 얼굴을 만져봐. 게다가 내 얼굴이 자꾸 줄어드는 거야. 오늘은 어제보다 더해. 이 상태로 계속 나가다간 난 얼굴이 반쪽만 남을지도 모른다구. 아아, 한번 생각을 해보라구. 얼마나 끔찍하겠어.

거 울   니 병은 순 그놈의 약한 마음 때문이야. 니가 더 잘 알걸. 세상에 섞여 살 자신이 없고 아무 것도 할 자신이 없는 그 약한 마음 말이야.

저런 푼수로 어떻게 전쟁터에서 살아 돌아왔을까.

김 씨   사람이 사람을 죽이는 일을 상상해 봐. 아주 끔찍해.

거 울 잊어. 총으로만 사람을 죽이는 건 아니야. 총이 아니더라도 더 잔인하고 간교하게 사람을 짓밟을 수도 있어 그런 거에 비하면 총은 깔끔하잖아. 게다가 그건 전쟁이었어. 죽이지 않으면 내가 죽는, 전쟁 말이야.

김 씨 그래, 어쩌면 그건 아무 것도 아니야.

거 울 몇 십 명, 몇 백 명씩 양민이 학살되는 일도 있어. 물론 알면서도 죽이는 거지. 그걸 보고해서 진급한 놈도 있다구.

김 씨 (은밀한 표정으로) 난 사람을 죽였어. 물론 처음엔 아찔했지. 총알이 부딪쳐서 내게로 되돌아올 것만 같았어. 그런데 총알은 몸 속으로 들어가더군. 그 촉감. 그건 아주 미묘했어. 내 손이 방아쇠를 당기고 거기서 떠난 총알이 누군가의 살을 뚫고 들어가 그 몸을 부서뜨리는 과정이 아주 짧은 순간에 이루어지면서 은밀한 쾌감으로 전해졌지. 물론 난 그 사실을 인정하지 않았어. 난 그저 두려움에 떨기만 했어.

그런데, 사실, 그 후로는 죽인다는 게 어렵지 않았어. 그건 그냥 사냥과 같은 거야. 노루를 쏘고 산돼지를 몰고 가죽을 벗겨내는 사냥 말이야. 피가 흐르고 살이 찢어지고 눈알이 튀어나오고.

그냥 아무 생각할 필요없어. 그저 게임이라고 생각하고 쏘는 거야. 운이 좋으면 나는 살아남고 상대방은 죽지. 운이 나쁘면 나도 죽는 거구. 어차피 확률은 반반이야. 살거나 죽거나. 그렇게 생각하니까 무서운 게 없드라구. 그냥 게임에 불과한 거야. 죽거나, 혹은 살거나.

그냥 언젠가 불시의 순간에 죽을지 모른다고 생각하니까, 마음껏 잔인해지더군.

거 울 너한테도 그런 면이 있었나. 겁쟁이에 기집애라고 놀림만 받던 니가 말이야.

김 씨 물론 벗어나고 싶었지. 그 말을 듣는 건 치욕스러웠어. 나도 사나이가 되고 싶었어.

거 울 진정한 사나이에 대해서 생각해 봤나.

김 씨 잠깐. (숨을 죽이며 귀를 기울인다) 누가 오고 있어. 발자국 소리야. 맞아, 바로 그 소리야. 어제도 그저께도, 그리고 한 달 전에도, 아니 몇 년 동안 계속해서 들리는 그 발자국 소리야. 아아, 어쩌지. 어떻게 빠져나가지.

거울을 다시 씌우고 구석으로 치운다.
벽에 등을 대고 걷는 식으로 초조하게 서성인다.

김 씨 저 끈질긴 놈. 차라리 어서 나와라. 내 눈 앞으로 당장 나오라구. 그래서 한판 붙자. 제발 그렇게 숨어서 나를 괴롭히지 마. 그렇게 나를 감시하고 미행하고 그러지 말라구. 내 눈 앞으로 차라리 나와. 그리고 나한테 총을 쏴 줘. 제발 부탁이야. 그렇게 미행하는 건 더 이상 못 견디겠어. 매일 밤 이렇게 찾아와서 나를 괴롭히지 말고. 제발 잠을 자게 해 줘. 가만, 쉬잇.

객석을 향해 조금씩 나아가며, 그들의 말을 들어보려는 포즈.

김 씨 틀림없어. 지금 내 이야길 하고 있는 거야. 날 비웃고 있는 거야. 날 조롱하고 있다구.

너희들은 나를 비웃고 조롱하고 멸시할 권리가 없어. 난 사나이야. 난 참전용사라구. 상상도 못할 위험한 곳에서 살아온 역전의 용사란 말이야. 날 비웃지 마.

(총을 겨누는 시늉) 죽어버리겠어.

귀를 기울이면 소리가 점점 커진다. 날씨나 돈이나 사소한 생활에 관한 사람들의 자연스러운 대사가 들려온다. 김씨, 안도하는 표정으로 되돌아간다. 여전히 벽 쪽으로 등을 대고 걷는 포즈. 웃음소리가 들려온다. 다시 긴장하고 자세히 들어본다. 무관한 내용. 가상의 문 쪽으로 간다. 잠금 상태를 다시 확인한다. 몇 번씩 다시 열어보고 확인한다. 돌아선다. 그래도 미심쩍어서 되돌아서서 다시 확인한다. 잠금 고리도 아주 여러 개인 것 같다.

문을 두드리는 소리, 똑똑.

숨이 막힐 듯 긴장하는 김씨.

권총이라도 찾듯이 몸을 뒤지는데, 아무 것도 나오지 않는다.

긴장 때문에 숨을 헐떡이기 시작한다.

거울을 자기 옆에 놓고 천을 벗긴다. 마치 둘이서 싸우겠다는 듯 나란히 세운다.

준비가 되었는지 서서히 손가락총을 들고 문 쪽으로 간다, 여전히 등을 보이지 않으려고 애쓰면서.

문에 기대어 망을 보는 듯한 자세.

점점 커지는 노크 소리.

장씨의 목소리 김가야, 뭣 허냐. 싸게 문 안 열고 뭣 허느냐고. 쐬주나 한
잔 하더라고잉.

땀을 훔치는 김씨.
안도의 숨을 내쉬고 주저앉는다.

11. 삶과 죽음은 함께 있으니

전작이 있는 듯 많이 취한 장씨와 탈진한 듯 지친 김씨, 소주병을 기울이고 있다.

장 씨　나 말이여, 나 그렇게 만만히 보지들 말드라고잉, 나 인간 장길수 다 쓰러져가는 창고서 전화나 받고 있다고 해서 말이지, 인간 자체가 하찔인 거 아니여.

　　　　나도 말이지 한가닥 하든 놈이여. 이거 왜들 이러셔.

　　　　하, 증말 드러워서 못 살겄구만. 나가 말이여. 나가 그래도 왕년에 한가닥 하든 놈 아니여.

김 씨　누가 뭐래나.

장 씨　근디 말시, 쩌그 저분들한테는 나가 참으로, 이 인간 장길수가 하찮기 그지없는 인간으로 보인다 이 말인디, 그렇게는 안 되지. 아암, 그렇게는 나가 너무 섭하지요잉.

김 씨　무슨 일 있었어.

장 씨　나가 더 이상은 못 참겄다 이 말이지라. 나가 아무리 오늘날 이렇게 쪼그라들어서 창고지기나 하고 있닥 해도 말이시, 나도 증말 사나이 대장부 맨키로 살고 싶었다 이거여. 나가 이렇게 수모

당하고는 못 살겄구만. 콧구녕만한 디 틀어박혀서 전화나 하루 종일 받음서 그놈들 비윗장이나 맞추면서는 더 이상 못 살겄다 이거여. 하, 이건 걸핏하믄 물건이 비네, 모자라네, 하니 말여. 아니 나가 뒷구녕으로 물건을 빼돌리기라도 한단 말이여. 사나이 장길수가 그따위 치사한 짓 헐 사람 아니랑게 말여.

김 씨 오해가 있었군 그래.

장 씨 에이, 차라리 어디서 전쟁이라도 콱 터지면 나가 그냥 다시 한 번 나가서 폼나게 한바탕 쏴붙일 틴디. 어디 전쟁 안 나나.

김 씨 다 늙은 몸뚱이로 전쟁은. 한 방에 죽고 말 걸.
하기야, 차라리 그렇게 시원하게 죽기라도 하면 좋겠다. 그럼 아무 것도 모르고 참 좋을 거야.

장 씨 임마, 죽긴 왜 죽어. 난 끝끝내 산다니께. 내 인생 억울해서 난 못 죽는다 이거여. 우리 핏값으로 이 나라 길 만들고 다리 놓고 안 했남. 우리가 딸러 벌어온 걸루다가 경부고속도로 놓고 안 했나 말여.

김 씨 핏값으로.

장 씨 그때 말여, 우리 차 한 오십 대가 고속도로 막고 피해 보상하라고 말여 그렇게 외쳐댈 때는 증말 눈물나대. 무슨 병인지도 몰르구 말여, 이 병원 저 병원 쫓아다니다 벌어온 돈은 고사하고 있는 거 없는 거 모두 말아먹고도 뭔 놈의 병인지도 모르고 죽은 전우들 있잖여, 빚만 잔뜩 지고 병도 못 고치고, 자식새끼들 꺼정 못 살게 만들고.

김 씨 나 같은 놈은 또 어떻구.

장 씨 근디 이번에 그놈의 오렌지회사에다 소송을 건디야. 딴 나라들은 진작에 소송 걸어서 다들 보상받았는디 우리나라는 그 소송 걸 때 참여 안 했다구 한 푼도 못 받았잖여. 그거 알지. 인제 요 참엔 말여. 꼭 존 일 있을겨.

살아야지. 악착같이 말이여. 암체도 사는 기 죽는 거보담은 날 테지.

김 씨 나도 고칠 수 있을까.

장 씨 자넨 맘이 약해 탈이여. 까짓 툭툭 털어버리지 못하남.

김 씨 내가 지금까지 살아온 게 대견할 정도라면 자넨 상상이 되나.

난 아무 것도 할 수가 없어.

이 방에선 하루 종일 소리와 싸워. 나가면 사람들이 모두 나를 보고 비웃는 것처럼 느껴지고, 내 이야기를 하는 것만 같애. 모두들 나를 죽일 기회를 노리고 있지.

언제나 등을 보이지 말아야 해. 등을 보이는 건 정말 위험한 일이야. 계단을 걸을 때는 뒤에서 누군가가 미는 것 같고 차가 나를 치어버릴 것 같아. 어쩌다 잠이 들어도 온통 그런 꿈들이지. 어젠 레일에 깔려 버둥대었는데, 끔찍한 건 기차에 깔려서도 내가 죽지를 않는 거야. 내 얼굴이 댕겅 잘라져서는 기차에 깔려서 찢어진 내 몸뚱아리를 보고 있더라 이거야. 피투성이가 된 몸뚱이를 말이야.

장 씨 핫따 이 사람, 맘을 좀 독하게 먹으란 말여.

김 씨 그러구 싶지만 안 되니까 그렇지.

난 정말 소리 때문에 미치겠어. 자네, 이 소리 안 들리나.

미세하지만 신경을 자극하는 소리가 들리기 시작하고 점점 커지지만 장씨에겐 들리지 않는다. 소리가 점점 커질수록 김씨는 예민해지고 어쩔 줄 모르면서 흥분하기 시작한다. 다시 거울을 들고 이리 놓았다 저리 놓았다 혹은 천을 씌웠다 걷었다 하면서 안절부절한다.

눈빛이 점점 이상해지면서 장씨를 적대시하면서 공간에서 밀어낸다.

이 과정은 아주 섬세하고 심리적으로 불안한 증상을 조심스럽게 표현해야 한다.

혼자 거울을 마주보고 앉아 노려보기 시작한다.

손가락 총으로 거울을 쏘는 시늉.

자기가 쓰러진다.

몇 차례의 교전 끝에 거울을 들어 내던진다.

그 소리에 자기가 더 놀라 구석으로 달아나 움츠린다.

아주 작게 작게 몸을 움츠린다. 작은 빛 안으로 점점 사라지려고 한다.

장씨가 작아지는 빛 속으로 뛰어든다.

장씨가 김씨를 어둠에서 빛으로 끌어내듯 무대가 다시 확 밝아진다.

장 씨   그래두 자네 잘 견뎌왔응께, 존 날 올 때꺼정 참고 잘 살아야 혀.

김 씨   더 버틸 수 있을까. 점점 자신이 없어.

장 씨   우리, 같이 살자. 전우들끼리 뭉쳐서 같이 사능겨. 그깐 마누란지 새낀지 말여, 쉐다 갈 사람은 가라고 놔두고, 우리 목심보다 질긴 전우애로 다시 뭉치는겨. 우리가 힘을 합하면 뭐가 두렵겄어.

김 씨   그럴까. 그렇게 할 수 있을까.

장 씨 나 사는 디가 여그보단 좀 넓응께 당장 내 집으로 이살 와. 내일이라도 말여. 사나이 중의 사나이 이 장길수하고 살면 말여 그깟 놈의 월남귀신 같은 기는 문제가 안 되여. 나가 싹 다 쫓아버릴 텡게. 지 나라로 가라구 말여, 왜 여태꺼정 우리헌티 붙어 사느냐구 말여, 그건 경우가 아니라 이런 말시.

김 씨 그래? 정말 그래주겠어? 자네라면 그럴 수 있을 거야.

두 사람 모처럼 밝은 희망으로 화기애애해지고 술잔이 돌아간다.
장씨, 유행가 가락을 하나 목청껏 부른다.
가사도 뒤죽박죽으로 큰 소리로 불러제낀다.

술잔을 부딪치며 찬찬찬. 그러나 마음 줄 수 없다는 것을, 사랑할 수 없다는 것을, 술잔을 부딪치며 찬찬찬, 술잔을 부딪치며 찬찬찬. 차표 한 장 손에 들고 떠나야 하네.

장 씨 나가 말이여, 나가 솔찬히 무서운 놈이랑께. 나가 그놈의 징글징글헌 전쟁터서 안 뒈지고 악착같이 살아온 놈이랑께. 나가 그렇게 션찮은 놈 아니라 이 말이시. 쪼까 산다고 이 장길수 고로코롬 얕보지 말랑께. 나가 위대한 역전의 용사라 이 말이여, 이거 왜들 이러서.

다음날.
장씨가 초등학교 앞에서 교통정리를 하고 있다.
어린이들의 재잘대는 소리가 생기 있는 아침을 알려준다.

해병대 옷을 차려입고 베레모에 군화까지 신고 호루라기 소리를 찌렁찌렁 울려대는 장씨는 기대에 부풀고 희망에 찬 분위기다.

한편에서는 김씨가 작은 가방을 꾸려들고 집을 나설 채비를 한다.
방을 둘러보면서 희망의 공간으로 향해 가려는 듯이 보인다.
모처럼 밝은 표정.
두려움 없이 등을 아무 곳에나 향하고 걷는다.
가방은 그의 삶의 부피를 의미하듯 작고 남루하다.
그러나 갑자기 무릎이 푹 꺾이면서 걸음을 헛디디고 계단에서 떨어진다. 그것도 서너 개밖에 안 되는 아주 낮은 계단에서.
그는 채 소리도 지르지 못하고.
콘크리트 바닥에 머리가 부딪칠 때 나는 큰 소리만이 울리듯 무대를 가득 채운다.
잠시 정적.
그러다가
호루라기 소리와 아이들의 재잘대는 소리가 다시 들리고.

김씨는 아주 편안한 표정으로 눈을 감는다.
전쟁에서 비로소 놓여난 듯한
평화로움.

― 2000년 초연.

모노드라마

등장인물 ————

여자 : 40대 중반, 고혈압과 심장병으로 고생하고 있으며 자신에 대한 비관과 가족에 대한 상실감으로 극도로 예민한 상태에 있다.

무 대 ————

한참 동안 제대로 청소를 하지 않은 듯 지저분하고 어수선한 느낌의 평범한 거실.
낡은 1인용 소파가 두 개 있다.
방 안 여기저기에 신문, 잡지, 음료수병, 물컵 등이 흩어져 있다.

남편, 아들, 딸에게 이야기하는 형식의 세 장으로 되
어 있는 이 극은 세 명의 여배우가 한 장씩 나누어
해도 좋고 한 명의 여배우가 해도 좋다. 여자는 자신
이 매우 뚱뚱하다고 계속 말하고 있는데 실제로 그
럴 수도 있지만 사랑이 없어 떠나는 남자에 대한 핑
계거리를 만들기 위한 깡마른 여자의 상상일 수도
있다. 여자의 대사는 뒤에 상대방의 대사가 이어지
는 것처럼 약간의 휴지를 둔다. 흐름에 따라서 때때
로 긴 사이를 둘 수 있다.

무대에 불이 켜지면 여자는 1인용 의자에 파묻혀 앉
아 있다. 몸을 담요 등으로 감싸고 앉아 있다. 무기
력하고 슬픔에 가득 차서 절대로 몸을 일으킬 수 없
는 것처럼 보인다. 그녀는 극이 진행되는 동안 상황
을 재연할 때 말고는 대체로 일어나지 않는 것이 좋
다. 꼼짝도 하지 않고 의자에 파묻혀서 무대를 비참
하고 슬프고 서러운 절망으로 가득 채워야 한다. 그
리고 그 절망에 모두들 전염되어 극이 끝나도 아무
도 일어날 수 없어야 한다. 극이 끝나도 그녀는 인사
를 하지 않는다. 다만 어둠 속으로 가라앉듯이 파묻
힌다. 아마도 그녀는 죽었을 것 같다는 느낌을 줄 것
이다.

1. 그리운 당신

여 자 당신은 내가 죽길 바라지. 그래, 아마 나라도 그랬을 거야. 난 너무 뚱뚱해. 그리고…… 못생겼어. 우리가 함께 거리에 나서면 난 늘 주눅이 들었지. 그렇지만 잘난 체는 하지 마. 당신이 뭐 또 그렇게 대단히 잘생긴 건 아니니까. 단지 키 때문이야. 키가 좀 크니까 작은 거보다는 조금 나아 보이는 거지. 그뿐이야. 별 거 아니야. 그리고 안경, 그놈의 안경 때문이야. 그놈의 안경을 쓰면 그냥 좀 그럴듯해 보이지. 안경을 벗어버리라고 내가 늘 말했지. 그렇지만 안경이 그놈의 얼굴을 그럴듯하게 보이게 한다는 걸 알기 때문에 당신은 안경을 고집했지. 정 안 보이면 렌즈를 하라고 했잖아. 하기야 렌즈 따위가 무슨 소용이야. 눈하고는 아무 상관없는 놈의 안경인 걸. 그런데 말이야…… 하여튼 난, 너무 살이 많이 쪘어.

여 자 나도 처음엔 이렇지 않았어. 그렇지 여보, 아니라고 말해 줘. 부탁이야. 우리가 처음 만났을 때 난 겨우 오십 키로였어. 키가 그리 큰 건 아니었지만 얼굴이 희고 깔끔한 인상이었지. 다들 날더러 귀티 나는 얼굴이라고 했거든. 당신이 날 더 좋아했었잖아. 그랬지 여보.

난 사실, 당신의 환경이 그다지 마음에 들지 않았어. 그건 당신도 알 거야. 가난하고, 오남매의 장남인데다, 부모님은 경제적인 능력이라곤 조금도 없으면서 '세 분'이나 계셨지.

당신은 착한 남자였지. 그다지 상황이 좋지 않다는 건 당신도 잘 알고 있었어. 그래서 내가, 우리 헤어져요, 하고 말했을 때 당신은 그러자고 했지. 아마 당신이 그럴 수 없다고 나한테 매달렸더라면 내 마음은 돌아서지 않았을 거야. 그런데 당신은 그러지 않았어. 그래요 난 너무 부족한 게 많아요. 줄 수 있는 건 아무 것도 없는데, 그 동안 고마웠어요.

난, 그렇게 스스로 돌아서는 남자가 너무나 가여웠어. 사실 나도 별 볼일이 있는 여잔 아니었지만 적어도 부모님이 세 분은 아니었으니까. 그래서 난 당신을 붙잡았지. 스스로 착한 여자가 되기로 한 거야. 그럴 자신도 없으면서 말이야. 그게 잘못이었어. 당신이 날 보내주려고 했을 때 그때 독하게 마음을 먹고 돌아서야 했던 거야.

난 당신하고 사는 게 너무 힘들었어. 많이, 힘들었어…….

여자 제발, 제발 부탁이야. 내 말을 막지 말고 끝까지 들어줘. 늘 당신은 그래. 늘 내 말을 듣지 않아. 늘 중간에 말을 가로막고, 날 타이르고, 훈계하고, 설득하려고 들지. 내 말을 좀 들어줘. 내 말을 막지 말란 말이야, 제발.

여자 큰어머니는 작은어머니와 아버지를 위해 우리들의 신혼집으로 왔지. 아무리 늙었다고는 해도 한 남자를 두고 두 여자가 같이 산다는 건 어려운 일이었을 거야. 자기 자릴 내주고 우리집으로 밀려온 어머니가, 불쌍했어.

난 정말 잘하려고 애를 썼어. 그렇지만 어머닌 하루 종일 꼼짝도 않고 집에 들어앉아서 내 숨통을 졸랐고, 당신이 오면 나한테 보내질 않았어. 저녁 내내 자기 방으로 끌고 가서 열두 시가 넘도록 텔레비전을 같이 보는 거야. 그리고는 피곤한데 자라하면서 자기 옆에다 베개를 놓아주는 거야. 자식 못 낳는다고 남편도 작은댁한테 빼앗기고 긴 세월 혼자 살아온 어머니가 불쌍해서, 사실 그 어머닌 당신의 생모도 아니었지, 당신을 기르긴 했지만 말이야, 어쨌든 착한 당신은 그 말을 거역하지 못했지. 그리고 난 이제나 저제나 당신이 내 방으로 오길 기다리면서 밤을 꼴딱 새웠지.

난 순식간에 십 키로 정도 살이 빠졌고 거의 귀신처럼 눈이 쾡 들어가 버렸어. 마치 악령 같은 모습이었지. 난 어머니가 내 영혼과 살을 차츰차츰 빼다 먹어치우는 마녀처럼 느껴졌어. 아주 오래도록 살면서 날 파먹는 마녀. 당신이 사우디로 돈 벌러 가야 했을 때, 그놈의 웬수 같은 땅으로 머슴살이 하러 갔을 때 난 그 어머니 밑에서 더욱 견딜 수가 없었어. 그래, 꼭 감옥을 지키고 있는 간수장 같았지.

여 자 내 하루라는 건 끔찍했어. 어머닐 위해 밥을 세 번 하는 일, 좁아터진 집구석을 세 번씩 청소하는 일, 숨소리마저 들리는 좁은 집에서 서로 부딪치지 않으려고 긴장하면서 지내는 날들이 마치 지뢰밭을 걷는 기분이었지. 난 견딜 수가 없어서 가출하고 싶었어.

근데 당신은 내 곁을 떠나 사는 게 좋은 모양이더군. 사우디에서 보내오는 사진 속의 당신은 영화배우 같았어. 사막을 배경으로 안경을 쓰고 서 있는 사진을 보면서 난 당신이 정말, 그리웠어. 당신은 아름다운 편지들을 보내줬어. 얼굴엔 살이 올랐고 몸무게는 늘어서 당신은 못 알아볼 정도로 근사해 보이더군.

난 내 사진을 보내기 싫었어. 난 너무 미워졌었지. 마른 얼굴에는 기미가 끼고 윤기가 없고 그야말로 빈티가 나는 데다가 화가 잔뜩 난 얼굴빛은 당신보다 훨씬 늙어 보이게 했지. 당신이 미워진 게 그때부터였을지 몰라. 날 이놈의 지옥 같은 곳에 떨구어 놓고 혼자서만 편히 지내고 있구나 싶었지. 물론 당신도 힘들었어. 그 뜨거운 나라에서 물론 힘들었겠지. 그렇지만…… 나만큼은 아니었을 거야.

여자 점점 기운이 없어져. 일어날 기운조차 없어. 화장실을 가야 하는데. 여보, 빨리 와서 날 화장실로 좀 데려다 줘. 화장실 가고 싶단 말이야. 급하다구. 일어날 수 없으니까 그러지. 못 일어난다니까. 기운이 없다구. 빨리, 제발 부탁이야. (일어나려고 애쓴다)

여자 (사이) 아니, 됐어. 그만둬. 이젠 괜찮아. 이젠 괜찮아졌어. 안 가겠어. 그래, 미안해. 그렇지만 조금 전까진 정말 급했어. 정말이라구. 그런데 지금은 아닌데 어쩌란 말이야. 나도 내가 마음대로 할 수 없는 부분이 있어. 그렇다고 해서 굳이 그렇게까지 화를 낼 건 없잖아. 그래 그만둬. 다신 부르지 않을게. 그냥 참을게. 참을 수 있을 거야. 한 이틀 정도는 참을 수 있어.

그놈의 오줌들이, 밖으로 나오지 못한 그놈의 오줌들이, 내 방광에서부터 거꾸로 올라가게 놔두겠어. 위로 위로 올라가서는 아마 다른 구멍으로 나오겠지. 눈으로 귀로 입으로 콧구멍으로. 그래, 상상을 해봐. 아주 괴상한 풍경이지. 그런 일이 있으면 사진을 찍어서 해외토픽에 보내. CNN이나 그런 데 말이야. 그럼 당신은 돈을 많이 받게 될 거야. 그리고 난 당신에게 마지막으로 큰돈을 주겠지만, 오줌도 못 눈, 세상에서 가장 불쌍한 여자가 되어서 전세계로 알려질 거야. 그러지 뭐. 유명해진다는 게 어떤 건지, 한 번쯤 경험해본다면 그것도 꽤 괜찮은 일일 거 같애. 살아 생전에는 단 한 번도 유명한 적이 없었던 무지하게 별 볼일 없는 여자가 죽어서라도 유명해지면, 아마 덜 억울할 거야.

여자　내가 죽었으면 좋겠지. 그럴 거야. 나라도 그런 생각 들 거야. 그치만, 너무 그러지 마. 나, 죽을 거야. 죽고 싶어. 이렇게 사는 게 뭐야. 이건 사는 게 아니야. 당신이 날 사랑하지도 않는데 이게 무슨 사는 거야. 이건 사는 게 아니야. 조금만 기다려. 내가 죽고 나면 그 때, 당신 하고 싶은 대로 다 해. 그렇지만 지금은 안 돼. 지금 내가 이렇게 살아 있는 동안은 안 돼. 다른 여자 쳐다보지 마. 어제도 누구랑 저녁을 먹고 왔는지 난 다 알아. 조금만 기다려. 곧 죽어줄 테니까. 아니 당장이라도 죽어줄까. 자살이라도 해줘? 그럼 좋겠어? 아니야, 그건 안 돼. 자살은 하기 싫어. 자살하면 너무나 흉할 거야. 아무리 죽은 다음이래도 그런 모습 보이는 건 싫어. 당신이 내 흉한 모습 보는 건 싫어. 난 당신 사랑한다구. 여보 날 조금만 사랑해 줘. 그럼 안 돼?

물론 내가 좋은 여자가 아닌 건 알아. 그렇지만 난 첨부터 이런 여잔 아니었어, 당신도 잘 알잖아. 이렇게 찌그러져서 살고 싶지 않았어, 날 이렇게 망가뜨린 건 내가 아니야. 당신이야. 당신 가족들이 날 이렇게 엉망으로 우그러뜨렸어. 난 아무리 노력해도 그놈의 비틀린 사람들의 비윗장을 돌려놓을 수가 없었다구. 당신이 어떻게 내 마음을 알겠어. 난 늘 그게 서운했던 거야. 당신이 나한테만 참으라고 했잖아. 이젠 참기 싫어. 나만 그렇게 혼자서 오랫동안 참았지만 내 꼴이 이게 뭐야. 이게 뭐냐구.

여 자 배고파. 먹을 걸 줘. 걱정 마. 살쪄도 좋아. 어쩔 수 없어. 이젠 다 끝장이야. 무슨 걱정이야. 당신이 날 봐주지도 않고 당신이 나랑 외출도 안 하는데 무슨 걱정이야. 먹을 거 가져와. 먹을 걸 달라구. 아, 당신은 내가 굶어 죽길 바라는 거지. 나한테 먹을 것도 안 주고 이젠 아예 굶겨 죽일려는 거지. 그래 좋아, 내가 가겠어. 내가 일어나서 가겠어.

(일어나려고 애쓴다)

여 자 안 돼. 안 되겠어. 못 일어나는 거 알잖아. 그만 날 괴롭혀. 그동안 많이 괴롭혔잖아. 먹을 걸 달라구, 먹다가 죽어버리면 되잖아. 닭 뼈가 목구멍에 딱 걸려서 죽든지 인절미덩이가 목구멍을 콱 하고 막아줄지도 모르잖아. 설마 날 걱정해서 그러는 건 아니겠지. 고혈압으로 죽을 수도 있고 심장마비로 죽을지도 모르지. 그래 내가 죽을 수 있는 경우는 하루에도 수십 번이야. 당신이 나를 약올리면 난 당장이라도 죽을 거야. 혈압이 초고속으로 올라가니까.

아, 당신, 날 조금만 참아줘. 날 버리지 마. 부탁이야. 나 말이지, 죽기엔 아직 너무 젊잖아. 난 겨우 마흔이 넘었을 뿐이라구. 그런데 벌써 죽어야 한다면 너무 억울하잖아. 나, 조금만 더 당신 곁에 있을게. 알아. 다 알아. 당신이 나 지겨워하고 있다는 거. 그래도 안 그런 척하고 조금만 날 참아줘. 조금만 더 당신 곁에 있을게. 그리고 살도 뺄게. 나, 너무 쪘지. 그래서 당신, 나 혐오하지? 알아. 모두 다 내 탓이야. 내가 나쁜 년이야.

여 자 물 좀 줘. 목이 말라. (사이, 절망적으로) 아, 너무 차가워. (물컵을 던지고 유리가 깨지는 소리) 당신은 날 사랑하지 않아. 그러니까 이렇게 차가운 물을 주는 거야. 제발 조금만 날 생각해 줘. 자상하게 대해 줘. 내가 물을 줘, 하고 말하면 너무 차지 않은 물을 갖다줘. 여보, 내가 너무 큰 걸 바라는 거야? 그래? 내가 당신한테 물 한 잔을 갖다 달라고 할 권리가 없어? 당신하고 이십 년이나 산 내가 말이야, 이 집에 시집 와서 사십 키로까지 배배 꼬여 말라 비틀어졌다가 이제는 또 엉망으로 쪄서 비참해질 대로 비참해진 이 여자가 당신한테 적당한 온도의 물 한 잔을 달라고 하는 것도 안 되느냐구. 그래?

난 물을 마실 거야. 물을 줘. 차가운 물 말고 따뜻한 물을 달란 말이야. 정성이 들어간 물 한 잔을 달란 말이야.

여 자 내가 미쳤어. 그래, 난 아무래도 희망이 없어. 난 미친 거 같애. 내가 대체 왜 이러는 거지. 여보, 날 좀 잡아줘. 나한테 그렇게 차가운 눈초리를 하지 마. 저런 돼지 같은 년, 하는 얼굴을 하지 말라구. 제발 그러지 마. 나 정말 보기 싫지. 흉하지? 나한테 거울을 좀 갖다줘. 그런데 너무 작은 거울을 가져오지는 마. 지난 번에 난 거울을 보고 정말 너무나 놀랐어. 거울에 내 얼굴이 가득 차서 말이야. 난 그 거울 속에 가득 찬 그 얼굴이 나라는 걸 정말 믿을 수가 없었어. 그러니 너무 작은 거울을 가져오지는 마.

여 자 거울이 없다구? 내가 다 던져버렸다구? 그랬나. 그래, 그랬을

지도 모르지. 아마 그랬을 거야. 그만둬. 내가 거울을 가져오라고 해도 절대 거울을 가져오지 마. 거울을 보자마자 분명히 깨뜨리고 말 테니까. 여보, 그런데 내 얼굴이 지금 어때? 너무 흉하지. 립스틱을 좀 바를까? 눈썹도 그리고, 그래 화장을 하는 게 좋을 거 같애. 그럼 좀 나아 보일 거야. 그래, 내 화장 그릇을 갖다줘. 콤팩트에 거울이 달려 있으니까 그걸 보고 입술을 그릴 수 있을 거야.

여 자 결국은 거울을 봐야 하는 거지. 거울을 보지 않고는 입술을 그릴 수가 없지. 아니야. 그냥 그리겠어. 립스틱을 모두 줘봐. 분홍색은 너무 밝어. 너무 화사해. 나한테 안 어울릴 거야. 자주색은 너무 진해, 마녀 같을지 몰라. 분명히 그렇게 보일 거야. 주황색은 너무 개성이 없어. 난 밋밋한 건 질색이야. 난 개성이 없는 게 싫어. 나란 존재가 싫었어. 늘 싫었어. 잘난 것도 없고 예쁘지도 않고 못난 것도 없는, 그냥 모든 게 다 평범하기만 한, 그런 내가 정말 싫었다구. 평범? 그 단어가 세상에서 제일 싫어. 혐오스러워. 꼭 넌 그렇구 그런 인간이야, 별 볼일 없는 인간이야, 그러니까 있으나마나 한 그런 인간이지, 평범하다는 말 속에는 그런 뜻이 들어 있다구. 난 정말 싫어. 난 평범하게 살고 싶지 않았어. 하기야, 지금 내 모습은 평범하진 않아. 그럼 난 내 뜻을 이룬 건가?

여 자 제발 잘난 척 좀 하지 마. 나한테 훈계를 하지 말라구. 왜들 그렇게 나만 보면 훈계를 하려고 들지? 나한테 그러지들 말라구. 얼마나들 잘났길래 나만 보면 늘 그렇게 충고에 훈계를 늘어놓느냐구? 왜들 그러냐구? (소리 지른다)

여 자 나한테 그러지 마. 나도 생각이 있어. 나도 다 알어. 어떻게 해야 하는지 다 안다구. 남편한테 잘 해주라구, 알어. 다 알어. 어느 미친년이 지 남편한테 잘 안 하고 싶겠어? 어느 얼빠진 년이 남편 바가지 긁어서 집 밖으로 내몰고 싶겠냐구.

그런데, 그런데 당신을 보면 숨이 탁 막히는데 어떻게 해. 당신을 보면 안타까워서 가슴이 먹먹해지는데 어떻게 해. 당신을 보면 안아주고 싶고 그 품에 안기고 싶은데, 그게 안 되는 걸 어떻게 해. 당신은 날 만지지도 않아. 난 너무 흉해, 너무나 보기 싫은 여자가 됐어. 당신한테 안기기에는 너무나 무거워졌다구. 당신이 아무리 팔을 벌려도 그 품안으로 들어갈 수가 없다구. 난 너무 뚱뚱해. 아아, 지겨워서 미칠 것 같애. 이러다 정말 난 미쳐버리고야 말 거야. 당신을 사랑해. 사랑해. 그렇지만 우린 사랑을 할 수가 없어. 당신은 날 사랑하지 않아.

아니야, 아니야, 거짓말이야. 당신이 날 사랑했다면 난 이렇게 살이 찌지도 않았을 거야. 난 당신을 변함 없이 사랑했어. 그렇지만 당신은 아니야. 당신은 한때는 날 사랑했지만 언젠가부터 이미 날 사랑하질 않았어.

그리고 지금은, 더더욱 그래.

여 자 변명하지 마. 난 평범한 여자일지 모르지만 그렇다고 바보 멍청이는 아니야. 당신은 내가 더 너그러운 여자인 줄 알았다고 했어. 왜 어머니랑 좀더 잘 살지 못하느냐고 했지. 왜 시누이랑 그렇게 의가 상해야 하느냐고 했어. 왜 시동생한테 좀더 마음을 쓰지 않느냐고도 했어. 그 모든 걸 나한테 맡겨두고 당신은 육 년 동안이나 사우디에 가 있었어. 당신은 오남매의 먹을 것과 학비와 우리가 결혼할 때 빌린 대출금과 부모님의 병원비를 위해서 사우디로 가야만 했어. 물론 나도 알아. 당신이 그렇게 밖에 할 수 없었다는 걸 알아.

그렇지만 난 너무 힘들었어. 여보, 혹시 이런 생각 안 해 봤어? 내가 아주 평범한 월급쟁이의 아내로서 당신과 둘이서만 작은 집에서 살았다면, 그리고 당신에겐 부모님이 세 분이 아니고, 당신은 네 명이나 되는 동생들이 당신만 바라보고 있는 그런 집의 장남도 아니었다면, 그랬다면 우린 어떻게 살았을까, 하고 말이야. 그랬어도 내가 이렇게 됐을까, 그런 생각 안 해 봤어?

난 그냥 평범한 여자야. 난 그렇게 많은 일들을 다 잘할 수 없어. 난 그냥 당신을 사랑했고, 그것도 많이 사랑했고, 둘이서 조용히 행복하게 살고 싶었어. 그게 그렇게 큰 걸 바란 거야? 내 인생이 아무리 평범하고 보잘것없는 인생이라 할지라도, 그 정도 바라는 것도 안 되는 거야? 내가 많은 걸 바란 거야? 그래서 내가 오늘 이렇게 벌을 받아야 하는 거야? 대답 좀 해 봐.

여 자 그만두겠어. 수도 없이 이 이야길 했지. 그럴 때마다 당신은 지겨워했어. 날 지겨워했어. 아니, 당신은 날 안아줘야 했어. 이 불쌍한 여자야, 하면서 날 보듬어 안아줘야 했어. 그리곤 날 따뜻하게 위로하면서, 시간이 흐르면 세 분의 부모님도 돌아가시고, 오남매 중 사남매가 자립해 나가는 날도 오고, 우리 둘만 아주 조용하게 살아갈 날이 온다는 걸 나한테 타일러 줘야 했어. 물론 나도 시간이 지나가면 그런 날이 온다는 걸 알고 있었지.

그렇지만 이십 년 동안 나는 너무 많이 힘들었어. 내가 견디어 낼 수 있는 것보다 그 시간들은 너무 길었고 너무나 무거웠어.

난 당신을 사우디에 보내고도 끊임없이 쪼들렸고 들볶였어. 결혼하자마자 남편을 먼 곳으로 보낸 여자가 창자 속까지 까발려서 내보여도 감당할 수 없는 일들에 매어 있었다면, 그러고도 아무한테도 사랑 받지 못하고 인색한 년이란 소릴 들어야 했다면, 냉정하고 매몰찬 년이란 소릴 들어야 했다면, 그 작은 여자의 가슴이 얼마나 썩어문드러졌겠는지 말이야, 당신은 상상이나 할 수 있었겠냐구. 당신은 나한테 늘 조금만 더 마음을 넓게 쓰라고 했지. 어떻게, 뭘 더 이상? 당신이 재벌이고 내가 사모님이라면 아마 그렇게 할 수 있었을까. 난 불쌍한 한 노무자의 아내였고 당신은 그 여자를 민며느리로 들이고는 먼 길을 떠나버린 매정한 남자였어.

여 자　목이 말라. 물을 줘. 찬 물을 주지 마. 난 당신한테 물을 달라고 할 권리 정도는 있는 여자야. 난 충분히 그럴 권리가 있다구. 아니 아니 물 싫어. 술을 한 잔 줘. 술이 없다구? 거짓말 하지 마. 내가 알콜 중독자라고 해도 할 수 없어. 난 술이 필요해. 나처럼 불행한 여자가 술이라도 먹어야 잠깐 눈을 붙일 수 있다면 먹어야지. 먹는 게 당연해. 어쩔 수 없어. 그렇지만 여보, 제발 부탁이야. 날 병원에 보내지는 마. 날 다시 병원에 보내면 난 그 날로 혀를 물고 죽어버리겠어. 아님 병실에서 목을 매달고 말겠어. 칼로 손목을 그어버리겠어. 못할 거 같애? 할 수 있어. 할 수 있고 말고.

여 자　여보, 이리 와 봐. 날 그렇게 징그러운 짐승 보듯 하지 말고 이리 와서 내 옆에 좀 앉아 봐. 한번 날 다정하게 쳐다봐 줘. 사랑스러운 여자란 듯이 날 바라다보라구. 부탁이야.

여자 할 수 없지. 영 내키지 않는다면 할 수 없어. 머리라도 빗겨줄래? 난 손에 힘이 없어. 머릴 좀 빗고 아, 참, 립스틱을 바르려던 중이었지. 머릴 빗고 립스틱을 바르면 좀 나아보일 거야. 당신도 한결 날 보는 게 나아질 거야. 분홍색, 자주색, 주황색, 어느 걸 바르지? 아까 내가 어느 색을 골랐었는지, 당신 혹시 생각나? 그래, 역시 너무 눈에 띄는 건 싫어. 그냥 주황색으로 하는 게 낫겠어. 이 몸에 너무 진한 색이나 너무 예쁜 색을 바르는 건 웃기는 일이지. 아마 이상하게 보일 거야. 그렇지? 그저 바른 듯 안 바른 듯 그렇게 말야, 평범하게, 그렇게 바르는 게 좋겠어.

(주황색 립스틱을 바른다)

여보 날 좀 봐요. 어때? 좀 낫지? 머릴 올려줘. 목선이 보이도록 말이야. 당신은 내가 머리 올리는 걸 좋아했지? 내 하얀 목을 보면 흥분된다고 했잖아. 당신에게 머리 올린 뒷목을 보여주기 위해서 늘 머리를 길렀던 거 알아? 짧은 머릴 하고 싶은 때도 있었어. 단발머리도 하고 싶었어. 짧은 머린 활동적으로 보이잖아. 활기차고 말이야. 단발머린 지적으로 보이지. 그렇지만 난 그냥 긴 머릴 했어. 당신을 위해서 말이야. 그런데 요즘 당신은 내 머릴 좋아하지 않는 거 같애. 사실 머리뿐이 아니라 나에 대해서는 아무런 관심도 없지.

여자 당신, 가야 하는데 내가 이렇게 붙들고 있지. 미안해. 나한테다 얘기해 줘서 고마워. 난 괜찮을 거야. 견딜 수 있을 거야. 당신이 사우디에 가 있는 육 년 동안도 견디었는데 앞으로도 견딜 수 있을 거야. 이젠 머리도 자르고, 그래 아주 짧게 자르겠어. 살도 빼야지. 그래야 취직을 할 수 있겠지. 그래야 먹고 살 수도 있겠지.

여보, 그런데, 당신 생각, 변함 없어? 만일 내가 살도 빼고, 그래 오십 키로로 뺄게. 먹지도 않고 자지도 않고 운동 열심히 하면 뺄 수 있어. 그리고 당신한테 욕도 안 하고 당신한테 바가지도 안 긁고 잘할게. 그러니 제발 나한테 이러지 마. 나한테 이러지 마. 제발 부탁이야. 나 당신 사랑해. 당신 알잖아. 내가 당신 사랑하기 때문에 늘 외로웠다는 거, 당신 이해하지? 당신은 내 곁에 없을 때가 많았고 내 옆에 있을 때도 난 늘 혼자인 것만 같았어. 난 당신이 내 옆에 있다는 걸 느끼고 싶었어. 근데 잘 안 됐어. 왜 그렇게 우린 어려웠지, 우린 함께 있기가 왜 그렇게 어려웠어? 당신도 처음엔 날 사랑했잖아.

여 자 날 떠나지 마.

여 자 그 여자, 정 헤어지기 어려우면, 당신, 그 여자랑 살어. 그리고 제발 나하고 이혼하자는 말은 하지 마. 그냥 내 남편으로 남아 있어 줘. 날 사랑하지 않아도 좋아. 그저 가끔 내가 죽었는지 살았는지 들여다봐 줘. 아니, 그것도 어려우면 전화라도 해줘. 그리고 어쩌다 들렀을 때 내가 죽어 있으면 날 묻어 주고 그 다음에 그 여자랑 결혼해. 그래도 되잖아.

나 얼마 살지 못하는 거, 알잖아.

여 자 의사가 뭘 알어. 난 다 알아. 난 죽어, 난 죽는다구. 난 너무 뚱뚱해서 죽는다구. 흥, 내가 왜 살을 빼? 당신이 내 곁을 떠나는데 누굴 위해서 살을 빼? 난 더 먹고 더 살이 찔 거야. 그래서 백 키로가 넘고 이백 키로가 넘고 그래서 앉을 의자가 없고, 누울 침대가 없어서, 오줌 쌀 변기가 없어서, 끝내는 죽을 거야.

여 자 아니야, 아니야, 여보 다 거짓말이야. 나 너무 미워하지 마. 나 싫어하지 마. 당신이 날 떠날까봐 늘 걱정이었어. 난 날마다 당신이 딴 여자 만나고 사랑하는 꿈을 꿔. 난 잠이 드는 게 무서워, 두려워, 끔찍하다구. 당신은 내 꿈 속에서 늘 날 본 체도 않고 다른 여자랑만 친하게 행동하지. 그리곤 가방을 들고, 이 집을 통째로 담을 만큼 큰 가방을 들고는 날 거리에 내던져 버리고 떠나는 거야.

숨이 안 쉬어져. 여보, 약 좀 줘. 숨이 막혀.

여 자 (약을 먹는다) 괜찮아. 금방 괜찮아져. 당신 이제 가. 난 혼자 있을게. 아주 오랫동안 늘 혼자였는 걸. 늘 혼자 자고 일어나고 먹고, 늘 그렇게 혼자였는 걸. 가도 돼. 서류 가져와. 아깐 그냥 그래 본 거야. 도장 찍어 가. 내 도장 어딨는지 알잖아. 당신 다른 여자 만나면 행복하게 살 거야. 당신은 멋있는 남자야. 나한테는 어울리지 않아. 난 어디로든 가겠어. 돈을 벌러 나가든 죽어서 나가든 어쨌든 나가게 될 거야. 그만 가 봐.

뚜벅뚜벅 하는 발자국 소리와 문이 무겁게 닫히는 소리가 들린다.

여 자 당신을 사랑해. 그렇지만 당신을 잡을 수가 없어. 당신은 더 이상 내 목선을 사랑하지 않아. 내 목은 너무 굵고 주름이 졌어. 난 육십 살처럼 보여. 난 겨우 마흔 살이 넘었을 뿐인데 말이야. 어쩌다 난 이렇게 된 걸까. 뚱보에 심술쟁이에 알콜중독자에 욕쟁이에.

여 자 그렇지만 여보, 난 당신 사랑해. 진짜야. 나 어떡하지?

2. 사랑하는 아들아

여 자 말대꾸하지 마. 내가 누구라고 어디다 말대꾸야. 난 너한테 이런 말 할 자격 있어. 난 너 때문에 니 아빠랑 진작에 헤어지지도 못했어. 내가 좀 덜 뚱뚱했을 때 내가 먼저, 그 인정머리 없는 인간이 나한테 그만 헤어지자고 말하기 전에 내가 먼저, 그 말을 했어야 했어. 그랬으면 좀 달라졌을까? 그럼, 아마도 그랬을 거야. 난 이혼당한 불쌍한 여자가 아니라 내 발로 독립적으로 이놈의 집구석에서 나간 여자가 되는 거잖아. 그럼 난 덜 불쌍했을지도 몰라. 덜 비참했을지 몰라. 그럼 난, 정말 나한테 어울리는 직장을 구하고 돈을 벌었을 거야. 내 돈, 내 힘으로 버는, 내 돈 말이야.

돈을 벌고 싶었어. 돈을 벌면 어떤 느낌이 들까 정말 궁금했어. 돈을 벌면 내가 하고 싶은 것들을 할 수 있겠지. 내 돈으로 내 물건을 사고 싶었어. 내 돈으로 내가 먹을 거를 사고 싶었어. 내 돈으로 내 옷을, 가방을, 베란다에서 햇볕을 쬘 수 있는 흔들의자를, 거의 신을 일은 없겠지만 굽이 아주 높은 날씬한 구두를 사고 싶었어. 내가 번 돈으로 거리에서 오뎅 하나를 사먹고 싶었어. 근데 내 주머니에는 지폐서부터 동전 한 닢에 이르기까지 내 것은 하나도 없었어.

어느날 시장 바닥에 쭈그리고 앉아서 순대 이천 원 어치를 사 놓고 먹고 있었지. 문득 그 아줌마의 손에 들려 있는 지폐뭉치를 봤어. 때묻은 꼬질꼬질한 돈들. 만 원짜리를 지갑에서 내주고 그 아줌마의 손에서 여덟 장의 천 원짜리들을 옮겨 받았지. 그 돈들은 살아 있었어. 그 느낌이 얼마나 확실했는지 아니? 그 돈들이 한 장 한 장 살아서 나한테 말을 걸어 왔어. 여러 사람의 지갑에서 나온 돈들이 저마다의 사연들을 가지고 말을 걸어 왔어. 그 느낌이 너무나 절절해서 난 손이 뜨거워질 지경이었어. 그 홧홧한 느낌. 그래 그게 바로 한 여자가 벌어들인 돈들이었던 거야.

참 바보 같지. 난 어떻게 종이돈 한 장을 벌어보질 못했을까. 난 참 별 수 없는 여자야.

여자 아니야, 아니야. 내 탓이 아니야. 내가 대학을 나왔더라면 분명히 나도 뭘 할 수 있었을 거야. 내가 무능한 건 내 탓이 아니야. 그렇지? 내가 대학을 나왔다면 난 선생이든 방송국 아나운서든 회사원이든 무엇이든 될 수가 있었을 거야. 그랬으면 난 좀더 나은 남잘 만나고 좀더 낫게 살 수 있었을지 몰라. 이런 좁고 더러운 집에서 이렇게 비참하게 쭈그러들고 있진 않을 거라구. 내 탓이 아니라고 말해 줘.

여자 아, 난 언제나 이 모양이야. 언제나 내가 하려고 했던 말들을 까먹어. 내가 지금 무슨 말 하고 있었니, 그래. 너에 관한 이야길 하고 있었어. 맞어. 너만 아니었어도 난 니 아빠랑 결혼하지 않았을지도 몰라.

여자 그래, 물론 그렇게 말했지. 사랑한 건 사실이야. 그런데 난 니 생각도 했어. 내가 헤어지려고 정말 결심한 적도 있다구. 근데 이미 내 뱃속에 너란 놈이 자라고 있었던 거야. 그때부터 내 인생은 꼬였다. 니가 좀더 그럴듯하게 자라 주었다면 말이지, 그랬으면 난 이렇게 불행하지 않았을지도 몰라. 적어도 이렇게 밑바닥에 처박힌 거 같은 비참하고 불쌍한 인생은 아니었을지도 몰라.

왜, 왜 그런 눈으로 봐? 내가 술 마신다고 너도 날 깔보는 거니? 듣기 싫어서 그러는 거야? 지겹다 이거지. 그래도 넌 내 얘길 들어야 돼. 들을 의무가 있어. 난 너한테 정말 잘해줬어. 그런데 니가 지금, 내 얘기 들어주는 것도 못한다는 거니? 너 그런 식으로 나 쳐다보지 마. 그럴 땐 꼭 니 애비란 인간하고 눈빛이 똑같다구. 너 인제 어린애 아니야. 넌 날 이해해야 돼. 모든 걸 다 내주고 속이 완전히 파먹히고 껍질만 남은 거미 같은 거 말야, 내가 꼭 그 꼴이야, 몸통 속으로 바람이 휭휭 불어, 아니 쌩쌩 불지. 추워서 죽을 거 같단 말이야. 당장 이리 와. 난 니 엄마야. 당장 이리 와, 어딜 가는 거야. 이리 오라구. 이리 와.

문이 쾅 하고 닫히는 소리.

여자 이리 와. 나 죽을 거야. 제발 날 혼자 내버려두지 마. 이 술병으로 내 머리를 찍어버리겠어. 당장 와. 당장 오라구. 당장 와.

다시 문이 열리는 소리.

여 자   그래. 착하다. 그래. 엄마가 널 얼마나 사랑하는지 알지. 이리
와. 내 곁으로 와. 그래, 여기 앉아 봐. 우리 착한 아들. 난 너
아니었으면 진작에 죽었을 거야. 왜 딴 데를 보니. 엄마를 봐.
너도 엄마가 보기 싫어? 그래?

미워하지 마. 제발 나 미워하지 마. 모두들 날 미워해. 모두 똑
같애. 모두들 날 미워하고 날 무시하고 날 경멸해. 날 귀찮아하
고 날 동정하고 날 더러운 걸 보듯 한다구.

이리 와. 넌 엄마 냄새 좋아했잖아. 사실 솔직히 말하면, 엄마
는 널 낳고 많이 행복했었다. 내 인생에서 제일 환희에 차 있었
다. 기억조차 나지 않는 그 '기쁨'이라는 거, 내게도 그렇게 순
수한 기쁨이란 게 있었다, 바로 너로 해서 말이야.

여 자   그래, 물을 한 잔 줘. 착한 우리 아들. 약도 좀 가져와. 오늘은
왜 이렇게 숨이 차오르지. 이러다 난 죽을 거야. 숨이 막혀 죽
을 거 같애. 그러니까 말을 하지 말라구? 말을 많이 하지 말라
구? 내가 말을 많이 하니? 내가 무슨 말을 그렇게 했는데? 그
리고 언제 그렇게 니가 내 말을 들어 줬는데? 엄마가 잠깐만 이
야기 좀 하자 그러면 언제나 바쁘다고 했잖아. 니 아빠도 늘 바
쁘다고 하면서 내 이야길 들어 주지 않더니, 너도 꼭 니 아빨
닮았어. 근데 내가 정말 말을 그렇게 많이 하니?

그래 그럼 좀 조용히 할게. 하지만 오늘은 너하고 이야길 좀 하
겠어. 오늘은 니가 다시 돌아와 주었으니까 말이야. 우리 착한
아들. 니가 돌아오지 않았으면 정말 난 슬퍼서 숨이 막혀 버렸
을 거야. 그래서 왔다구? 그래, 넌 엄마가 죽지 않았으면 좋겠
니? 그래, 아직은 죽기엔 좀 젊어. 그렇지. 근데 말이야. 난 내

가 왜 살아 있어야 하는지 정말 모르겠어. 한순간 한순간이 비참해서 못 견디겠어. 내가 싫고 내가 미워서 돌아버리겠다구. 난 정말 궁금해. 다른 사람들은 이런 느낌이 없는 걸까. 다른 사람들은 나처럼 이런 생각을 안 하고들 그렇게 잘 살고 있는 걸까? 그럼 왜 나만 이렇게 이런 생각에서 헤어나질 못하는 거지? 뭐든 하라구? 하는 일이 없어서 그런 거라구? 아니야, 난 너무 많은 일을 했어. 그래서 난 지금 지쳤어. 온몸에 기운이 하나도 없다구. 넌 내가 뭘 했음 좋겠니?

말해 봐. 내가 지금 뭘 했으면 좋겠느냐구. 내가 지금 뭘 하면 대체 죽지 않고 살 수가 있겠느냐구. 모르겠어. 아무 것도 할 수 있을 거 같지 않아. 이놈의 집구석 꼴을 좀 봐. 청소를 안 한 지가 얼마나 오래 됐는지, 요리를 하지 않은 것도 오래 됐어. 그런데 아무리 애를 써도 난 이 자리에서 도대체 일어설 수가 없으니 어쩌면 좋겠니. 난 쓸모없는 인간이 됐어. 그냥 한 마리의 커다란 돼지 같애. 그래, 돼지 그 자체야.

넌 날 닮지 않았어. 넌 아빨 닮아서 정말 잘생겼다. 정말 다행이야. 니가 날 닮아서 이놈의 의자에 이렇게 나란히 앉아 있는 꼴을 좀 상상해 봐. 아아, 정말 끔찍한 노릇이지. 그럴 리 없어, 니가 그럴 리 없어. 넌 자랑스러운 내 아들인 걸.

여 자 니가 처음 태어났을 때 말이야. 어땠는지 아니? 난 너무 배가 아파서 죽을 것만 같았어. 그래서 병원에서 막 소릴 질러댔다.

아기의 울음소리.

여 자　근데 니가 응애응애 울면서 드디어 태어난 거야. 아주 아주 조 그만 손가락을 꼬물꼬물 하면서 눈도 뜨지 못하는 3.2키로의 니가 말이야. 난 내가 죽었는지 살았는지도 모를 정도로 어지 러웠어, 너무나 피를 많이 흘렸고 고생을 했거든. 그때 아른거 리는 눈앞에 있는 널 봤어. 널 만졌어. 니 소릴 들었어. 그래, 얼마나 황홀한 느낌이었는지 아무도 모를 거야. 넌 내 새끼야. 내가 널 낳았다구. 이 나쁜 놈아. 그런데 넌 그걸 몰라. 넌 내 뱃속에서 아주 오랫동안 세상 밖으로 나오기 위해서 기다렸어. 이렇게 웅크리고 말이야. 그런데 넌 날 쳐다보지도 않으려고 해. 어떻게 그럴 수가 있어. 내가 널 낳고 얼마나 기뻐했는데, 널 낳고 감격에 겨워서 어지럼증 속에서도, 아득한 곳으로 떨 어지는 느낌 속에서도, 널 낳은 그 기쁨의 기억을 잊지 않으려 고, 그 느낌을 붙잡으려고 얼마나 애를 썼는데.

여 자　그래, 물론 그래. 내가 널 힘들게 낳았다고 해서 날마다 그 소 릴 해대면서 나한테 잘해달라고 하는 거, 그거 무지 치사하다 는 거 알어. 근데, 근데 말이야. 난 왜 그렇게 치사하다는 거 알 면서도 자꾸만 그 이야길 하게 되지? 그러구 싶지 않단 말이야. 치사하게, 날 좀 바라보라고 사정하는 일 따윈, 정말 하고 싶지 않은데 말이야.

여 자　배가 고파.

여 자　배가 고프다구. 먹을 걸 갖다줘. 그만 좀 먹으라구? 그게 무슨 소리야. 엄마가 배가 고프다는데, 그만 좀 먹으라구? 너도 내가 돼지 같은 인간이라고 생각하니? 제발 그 경멸하는 표정 좀 짓 지 마. 나 뚱뚱해. 알어. 그래서 그게 어쨌다는 거야. 난 먹을 거야. 니 아빠 떠날 거야. 엄마가 보기 싫어서 떠날 거야. 아니, 어쩌면 벌써 떠났는지도 몰라. 넌 알지.

여자 하여튼 상관없어. 니 아빠가 떠났든 떠나지 않았든 난 먹겠어. 먹을 걸 가져와. 그렇게 서 있지 말고 당장 먹을 걸 가져와. 난 널 위해서 내 청춘을 다 바쳤다구. 이젠 너한테 내가 배가 고프니까 먹을 걸 좀 갖다달라고 할 수 있어. 넌 다 컸잖아. 나보다 키도 훨씬 크잖아. 넌 음식을 해서 이 엄마한테 가져다줄 수 있을 만큼 컸다구. 빨리 먹을 걸 가져와. 배가 고파서 죽을 거 같애. 빨리. 경멸해도 좋아. 돼지 같은 여펜네라고 흉봐도 좋아. 먹을 걸 가져와.

여자 달콤한 초코렛 케이크 같은 거 가져와. 아니면, 호두가 많이 든 아이스크림도 좋아. 어제 먹었던 피자에 치즈를 좀더 얹어서 데워다 주든지. 피자가 몇 조각 남았을 거야. 없다구? 니가 먹었니? 니가 내 초코렛 케이크를 먹은 거야? 아니라면, 아니라면, 니 아빠가 먹었어? 아니면…… 할머니? 맞어, 니 할머니가 먹었구나. 아마 그랬을 거야. 확실해. 내 거라면 무엇이든 그렇게 가져가고 말지. 내 거라면 필요치 않은 거라두 일단 가져가고 보는 거야. 아이스크림이 아마 방구석에서 녹고 있을 걸. 내가 녹은 아이스크림 치운 게 한두 번이 아니지. 피자는 먹지도 못하면서 옷장이나 서랍 속에 넣어 두었을 거야. 분명해. 당장 가서 찾아와. 뭘 하고 있어. 당장 가져오라니까. 분명히 니 할머니 방에 가면 내가 찾는 게 다 있어. 분명하다니까. 뭘 그러구 서 있어. 당장 찾아오라니까.

여자 뭐라구? 할머니가 죽었다구? 언제? 말도 안 돼. 아까도 나한테 뭐라구 뭐라구 한바탕 잔소릴 해댔는데 그게 무슨 소리야? 너, 날 바보 취급하는 거니? 할머닌 절대 죽지 않는다. 절대 죽을 리가 없어. 내가 살아 있는데 어떻게 그 노친네가 날 두고 먼저 죽어? 말도 안 돼. 날 죽이고서야 죽을지는 모르지만 나보다 절대 먼저 죽진 않아. 백 살 천 살이라도 살 거야.

여 자 (생각에 잠겼다가 아련히) 그럼, 그게 꿈이었나. 난 할머니랑 나란히 누워 있었다. 너무 싫었어. 그래서 일어나려고 했지. 그런데 몸뚱이가 말을 안 듣는 거야. 아무리 일어나려고 해도 꼭 내 몸이 방바닥에 붙어 있는 거 같았어. 방바닥 전체가 커다란 자석이고 내 몸은 힘없는 쇳조각인 거 같았지. 할머닐 쳐다봤어. 혹시 이 노친네가 날 못 일어나게 붙들고 있나 해서 말이야. 근데 고개도 돌릴 수가 없는 거야. 그래 난 생각했지. 이제 니 할머니가 끝내는 날 이렇게 자기 옆에다 꼼짝 못하게 붙잡아두고 서서히 말려 죽이려는 거구나, 하고 말이야.

그 순간 난 자포자기한 심정이 됐어. 아주 편하더구나. 그래, 어차피 이젠 죽을 건데 할머니 옆에서 죽는 것도 괜찮다, 싶은 생각 말이야. 남편한테 버림받은 두 여자가 나란히 누워 한 곳을 함께 바라보고 있는 그 느낌이, 이상하게 평온하더구나. 단 한 번도 함께 어딜 바라본 적이 없었던 두 여자 말이야.

그래, 니 말이 맞다, 어쩌면 할머닌 죽었을지도 몰라. 아, 알겠어. 그게 바로 계시라는 거구나. 죽은 사람을 꿈에서 보면 곧 죽는다는 거 말이야. 할머니가 날 데리러 온 모양이지. (긴 사이)

여 자 길버트 그레이프라는 영화 기억나니? 난 그 영화의 엄마처럼 될까봐 두려워. 엄마가 죽자 너무 뚱뚱한 엄마를 도저히 어쩌지 못해서 아들은 엄마가 있는 집 전체를 불태워 버리지. 죽은 엄마를 아예 집과 함께 화장시켜 버렸어. 참 좋은 결말이야. 집에 불을 질러야만 아들은 떠날 수가 있어. 그 아들이 너무나 가련했어. 그 젊은 나이에, 너무나 뚱뚱한 엄마와 성치 못한 동생 때문에, 사랑도 할 수 없는 청년 말이다. 자기한테 어울리는 여자와의 사랑은 거부하고 자기 인생을 야유하듯 동네 유부녀와 섹스를 하지.

그 아들이 불쌍해서 난 널 보내고 싶었다. 니가 나 때문에 그렇게 불행해질까봐 말이야. 니가 나 때문에 불행해지면 안 되잖아. 그 엄마처럼 내가 죽어서도 너무 뚱뚱해서, 관에 넣을 수도 땅 속에 파묻을 수도 없게 될까봐, 난 늘 그게 두려웠다. 무서워. 너도 언젠가는 이 집에 불을 지를 거니?

문을 조심스럽게 닫는 소리.

여자   그래. 가. 모두 다 가. 네가 가리라는 건 알고 있었어. 그런데 너, 그 애한테 가는 거니? 저번에 니 책상에 있는 사진을 봤어. 아주 예쁜 여자더구나. 넌 그 여자한테 뭘 줄거니? 사랑을 줄거라구? 물론 그렇겠지. 그런데 그놈의 사랑이 변하지 않기를 바란다. 아니 변하더라도 조금이라도 천천히 변하기를 바란다. 적어도 나처럼 너무 짧은 사랑은 아니기를 말이야.

3. 착한 내 딸

여자 넌 착한 여자가 되지 마. 착하지도 않으면서 착한 척하는 여자는, 더더욱 되지 마. 바보 같은 짓이야. 속이 새까맣게 탈 거야. 속을 홀라당 내보이고도 멸시 당하고 천대 받는 게 착한 여자야.

여자 나쁜 여자가 되라. 나쁜 여자는 잠시 욕먹지만 곧 명예회복 된다. 무엇인가 얻는 인생이 되지. 돈을 얻든 명예를 얻든 지위를 얻든, 하여튼 지 앞가림할 그 무엇을 얻게 된다. 그럼 속을 그렇게 훤히 내보일 필요도 없고 속이 터질 필요도 없어. 명절이나 제사 때 미어지게 일 안 해도 남들이 차려 놓은 음식 품위 있게 먹으면서 바쁜 척할 수 있다.

여자 넌 절대 착한 여자 되지 마. 제일 멍청한 여자야. 니가 만일 딸을 낳으면 니 딸한테 양보하는 걸 가르치지 마. 오빠한테 남동생한테, 무엇인가를 양보하게 하지 마. 이런 나쁜 년, 이런 독한 년, 이런 저밖에 모르는 년. 그런 욕 하면서 키워. 그렇게 키워야 돼.
착하다, 참 착하다, 우리 딸 참 착하구나, 그런 말들이…… 날 이렇게 만들었어.

여자 사랑을 믿지 마라. 가난한 남자와 사랑에 빠지지 마. 사랑은 짧고, 그래 아주 짧지. 삶은 너무 길어. 하루가 길고 한 달이 길고 일년이 너무 길어서 사랑만으로는 다 감당할 수가 없어. 도저히 못해.

여 자 넌 절대로 사랑에 인생을 걸지 마라. 절대로.

다른 거에 걸어. 돈 버는 거, 출세하는 거, 화끈한 무얼 찾아 하나뿐인 니 인생을 걸어. 아무 데나 걸지 마.

여 자 절대로 남자에 목매지 마. 그런 여자는 사랑을 못 받아. 아주 잠깐의 사랑이 끝나면 그때부터는 그저 가정부에 파출부가 된다. 무미건조한 섹스의 대상이 되고 아이들의 끝없는 보모노릇에 지쳐버리지. 시부모든 누구든 싫으면 싫다고 말해. 참지 마. 끝장을 낼 줄 알아야 한다. 이젠 나도 그래야겠다. 나도 스스로 끝장을 낼 줄 알아야겠지. 그렇지.

여 자 넌 나의 분신이다. 소중한 내 딸이야. 그러나 절대로 날 닮아선 안 돼. 절대 안 돼. 날 멸시해 줘. 날 경멸해 줘. 나에게 욕을 해줘. 돼지 같은, 무용지물 같은, 허접쓰레기 같은, 그런 여자라고 악에 받쳐 욕을 해줘. 그래야 넌 나처럼 살지 않을 거야.

여 자 어디 구석에 가서, 그래, 울 데 하나가 없어서 화장실에 수돗물이나 틀어놓고 세수하는 척하면서 울고, 제발 그런 꼴은 하지 마라. 니가 만일 그렇게 살면 차라리 내가 가서 널 그놈의 화장실에서 끌어내겠어. 그리고 이 바보 같은 년아, 왜 거기 숨어서 울고 있어, 소리를 질러, 뭣 때문에 그렇게 속이 상한지, 뭣 때문에 그렇게 슬프고 서러운지, 소리를 질러 퍼부어대란 말이야. 얼굴을 똑바로 보고 따지란 말이야. 왜 겉으로는 네네 하면서 뒤에 가서 야속해서 울고 자빠져 있냐구. 이 바보 멍청이에 못난 년아. 그렇게 소릴 지를 거야.

넌 절대로 그렇게 살지 마.

여 자 어깨가 너무 아퍼. 목구멍이 바짝바짝 타오르고 당장이라도 숨이 막혀 죽을 것만 같아. 너무 말을 많이 해서 그렇다구? 내가 무슨, 말을 많이 했다구 그래. 왜 그렇게 모두들 내 말은 들어주지도 않으면서 나한테 말을 많이 한다고, 조용히 있으라고 그러는 거야. 대체 나한테 왜들 그러는 거야. 내가 그렇게 우스워?

내가 돈도 못 버는 여자라고, 나 무능하다고 하지 마. 난 대신 악착같이 아꼈어. 지겹도록 아꼈다구. 세탁기 돌리는 것도 아까워서 웬만한 건 손빨래를 해댔고 겨우 탈수나 할 정도였어. 궁상맞은 소리 하지 말라구? 그래, 그러니까 내가 한심하지. 남들 눈에는 궁상스럽게 보이는 짓거리를 하면서까지도 그놈의 돈이라는 걸 아껴보려고 애를 썼으니 말이야.

여 자 아침에 눈을 뜨면 내가 얼마나 끔찍했는지 아니. 하루라는 건 왜 그렇게 길고 왜 또 그렇게 지겨운 거니. 난 욕조에라도 머리를 처박고 죽고 싶었어. 머리통이 깨져라고 벽에다 부딪쳐댔지. 내가 그렇게 못 견뎌하는 걸 아무도 몰랐어. 모두들 날더러 예민하대, 주부 우울증이래, 마음을 너그럽게 가지래, 좋은 면을 보래. 그래 다들 잘나서 나한테 충고들을 해댔지. 그만둬. 모르면서 잘난 체 좀 하지 마.

난 그저 살고 싶었을 뿐이야. 가슴을 짓누르는 고통에서 벗어나고 싶었고, 멍한 머리통을 열고 그 속에 든 모든 걸 찬물에 헹구어내서 다시 넣고 싶을 정도로 머릿속이 복잡했어. 무거운 먼지가 가득 낀 거 같은, 그 머리통을 좀 청소하고 싶었다구.

난 어느 날 꿈에서 마침내 내 머리통을 열고 그렇게 했어. 더운 물에 세제를 풀어서 그놈의 뇌라는 걸 씻었지. 그리고는 찬물에 헹구었어. 그런데 말이야. 아무리 헹궈도 비누거품이 끝이 없이 나오는 거야. 난 너무 끔찍해서 울었어. 비누거품이 잔뜩 묻은 뇌를 머릿속에 넣으면 정말 너무 어지러울 것 같았어. 그래서 그걸 들고 어쩌지 못하고 울고 있는데 그 인간이 '시끄러워, 나가서 자' 하면서 발길로 나를 뻥 걷어차는 거야. 그래 난 그 덕에 악몽에서 깨어났지. 다행히 머리통은 붙어 있더구나. 그런데 세제가 잔뜩 묻은 뇌가 들어가서 그런지 너무나 어지러운 거야. 그 인간은 내가 왜 우는지도 몰라. 관심이 없어. 그리고는 다신 이 방에서 잘 생각 하지 말래. 잠꼬대하고 소리 지르고 그런다고, 나가서 자래. 자던 방에서도 쫓겨나서 또 어디 갈 데가 있어야지. 베란다로 나갔지. 내 머릿속처럼 뿌연 하늘에 별이 몇 개 떠 있드라. (긴 사이)

여자 그때 이후로는 수시로 구역질이 치밀어 올라. 세제 거품 때문이지. 토하고 싶어서 하루에도 몇 번씩 화장실 변기를 붙잡고 웩웩거린다. 근데 변기 속에는 똥이랑 오줌이랑 가득 차 있어. 그래서 난 토할 데가 없지.

여자 하루에도 몇 번씩 난 변기를 닦잖아. 내가 늘 우리집 변기랑 세면기랑 반짝거리게 닦아놓는 거, 너 알지. 그런데 내가 토하려고만 하면 그놈의 변기가 마술을 부리는 것처럼 더러워져 있어. 똥이 가득 차서 흘러 넘치는 거야. 어째. 물을 아무리 내려도 소용없어. 그래서 난 더욱 웩웩거리지만 거기서 나와야만 하지. 난 아무리 구역질이 나도 토할 수도 없는 여자야. 토하고 싶어도 이놈의 집구석에서는 토하는 것도 안 돼. 내 맘대로 토하지도 못하는데 어떻게 내가 울지 않을 수가 있냐구. 아무도 내 맘을 알아주는 사람이 없는데, 내가 그놈의 똥 때문에 얼마나 괴로운지를 아무도 몰라주는데 얼마나 서러웠겠느냐구.

여 자 그런데 왜 이렇게 눈이 가물거리지.

날이 흐리지? 아주 흐린 날이지? 아니야? 화창하다구? 근데 왜 이렇게 눈이 뿌옇게 보이지. 불을 하나 더 켜라. 내가 전기 아낀다고 전구를 하나만 남기고 조금씩 돌려놓았거든. 그러니까 두 개쯤 돌려봐. 그럼 좀 환해질 거야. 그래, 아니야, 좀더 해봐. 그래 아예 여섯 개를 다 켜라. 내가 왜 이러지? 아니야, 이젠 정말 뭐든 아끼고 싶지 않아. 아무도 알아주지도 않는걸 뭐. 궁상 떤다고 흉만 보는걸 뭐. 그래 좀 나아진 거 같애. 그래도 완전히 보이는 건 아니야. 정말 왜 이러지?

여 자 아, 너한테만은 이런 얘기 안 할려고 했어. 너한테는 정말 그럴 듯한 모습 보여주고 싶었어. 넌 내 딸이고 난 니 엄마니까 말이야. 그런데, 그런데, 이해해 줘. 아무도 내 이야길 들어주지 않아. 특히 이런 종류의 이야기는 더해. 굳이 날 이해하라는 건 아니야. 아니 아니, 그래도 넌 그냥 날 좀 이해해 주면 어떻겠니. 아, 너무 동정하는 건 싫어. 나도 열심히 사느라고 살았어. 뭐 대단한 일은 아무 것도 한 게 없지만 말이야. 그래도 난 너하고 니 오빠 낳았다. 세상에 자식을 낳고 기르는 일은 그래도 중요한 일이잖아. 내가 살면서 그래도 중요한 일을 영 안 한 건 아니구나. 그래 나도 중요한 일을 한 게 있었어.

여 자 근데 얘. 너 요즘 어떠니? 그 남자랑 말이야. 의대생이라고 그랬지? 그래 꼭 잡아라. 엄마가 너 유행하는 옷 새로 사줄게. 그리고 물건도 좀 고급스러운 걸 가지고 다녀야 할거야. 아빠가 택시 운전이나 하고 엄마는 별 볼일 없는 아줌마라고 하면 우릴 얕볼지도 몰라. 그 길에서 파는 가짜 백 말고 진짜 루비똥인가 바바린가 하는 가방 있지, 그거 하나 사라. 여자는 말이야, 그런 거 하나를 봐도 그 수준이라는 거, 그게 나타나는 거야. 뭐? 백 하나에 이삼백만 원이 넘는다구? 정말이야? 아, 그건 안 되겠다. 너무 비싸구나. 순 이름값이지, 뭐 꼭 품질이 좋아서 그런 건 아닐 거야. 그럼 금강이나 에스콰이어나 그런 걸루 사라. 지난번에 너 메고 다니던 그 만 원짜리 백은 가짜 티가 너무 나서 말이야. 품위가 없어.

그 남자, 꼭 잡아야 한다. 일단 결혼만 하면 넌 잘할 수 있을 거야. 너 쌍꺼풀 수술 하고 싶으면 해라. 그건 엄마가 꼭 해줄려고 했었어. 그거 하면 더 예쁠 거야. 그리고 수영도 미리 배워. 여름에 같이 수영장 가려면 미리 배워야지. 넌 몸매도 예쁘니까 그 남자는 수영장 한번 같이 가면 너 더 좋아하게 될 거야. 그리고 엄마가 뭐 해줄까?

아니 엄마가 뭐 의사 사위 덕 보려고 그러는 건 아니다. 그런 염려는 말어. 그냥 엄마는 우리 딸이 그렇게 잘난 남자랑 사는 거 보면 정말 기쁠 거 같다. 그거뿐이야. 난 널 생각하면 아주 없어져 버리고 싶어. 그 남자가 아빠가 택시 기사라는 거 아니? 실망하지 않을까? 게다가 날 보면……, 아, 정말 안 돼. 우리집엔 절대 데려오지 마라. 결혼할 때까지는 모든 걸 속여야 돼. 아빠는 그냥 회사 다닌다고 해.

엄만……, 엄만 차라리 죽었다고 해라. 어차피 결혼식장엘 갈 수도 없으니까. 그래, 그게 좋겠어. 엄마가 차라리 죽었다고 해. 넌 예쁘고 또 대학생이고, 그래 너 하나만으로는 정말 꿀릴 게 없지. 난 죽기 전에 너 결혼하는 거 봤으면 좋겠지만, 아마 어려울 거야. 난 당장 하루를 넘기는 것도 어려운걸. 얼굴이 확 하고 달아오르면 당장이라도 숨이 넘어갈 거 같고 가슴이 꽉 막히고 말이야.

여자 뭐라구? 그 남자랑 헤어졌다구?

여자 바보 같은 년. 대체 어떻게 한 거야? 너 혹시 너무 저자세로 굽히고 들어간 거 아니야? 아님 솔직한 체하고 잘난 애비서부터 이 뚱보 에미 얘기까지 모두 한 거야? 제발 그러지 마. 내가 뭐랬어. 제발 착한 척 좀 하지 말랬지. 그러니까 넌 바보 멍청이야. 넌 그런 식으로 하다간 이 엄마같이 살게 될지도 몰라. 너 징그럽지도 않니? 엄마처럼 사는 거 징그럽지도 않어? 이왕 운 좋게 만나진 거, 좀 잘해 보라니까 왜 그랬어, 이 바보 같은 년아. 왜 그 남잘 놓쳤어. 남자 아니고 니가 이놈의 소굴에서 벗어날 길이 있을 거 같니?

아아, 절대 안 돼.

여자 넌 또 어떤 놈 하나 만나서 사랑한다면서 부모가 반대하는 결혼을 하겠지. 그리고는 그 수많은, 없는 것들 때문에 수없이 싸우고 싸우다가 사랑이라는 게 언젯적 꿈같은 얘기냐 하고는 나처럼 초라하게 나동그라지고 말 거야. 그렇게 될 거야. 바보야, 니 힘으로는 널 구할 수가 없어. 넌 나처럼 비참하게 살게 될 거야. 난 그게 두려워. 아, 빨리 죽어버리겠어. 빨리 죽는 게 나

아. 니가 나처럼 사는 꼴을 보는 건 죽을 노릇이야. 난 그걸 보느니 자살해 버리겠어. 그래, 차라리 이 집을 불질러라. 그리고는 여길 떠나. 여길 떠나서 니 인생을 개척해.

여자   넌 예쁘잖아. 그러니까 다시 남잘 만날 수 있을 거야. 그러니 이 집에 어서 불을 질러. 난 이 더러운 집구석과 함께 불에 타 죽고 말 테야. 제발 부탁이야. 어서 불을 지르고 떠나. 성냥을 가져와. 불을 질러, 당장 불을 질러, 모든 걸 태워버려, 니 앞길을 막는 모든 걸 다 태워버려. 다 태워버리라구.

여자   정말이야, 정말, 난 니 앞길을 막고 싶지 않아.

여자   모두 떠나버린 집에 혼자 남고 싶지 않아.

내가 먼저, 그래 너보다 내가 먼저 가는 게, 그게 나을 거야.

넌 견딜 수 있겠지.

견딜 수 있을 거야. 그렇지.

암전, 긴 사이.

미세하게 성냥을 긋는 소리.

불이 확 하고 타오르는 소리.

불길 속에

광기와 깊은 절망과 슬픔이 어우러져 있는 여자의 얼굴이 잠시 보이고 다시 암전.

연기와 타는 냄새가 서서히 극장을 가득 메운다.

— 1998년 작.

웨딩드레스

1. 토요일 오후

빠르지 않은 스포츠댄스 음악이 잠시 들리다가
들뜬 분위기의 엄마가 채 흥분이 가라앉지 않은 표정으로
현관을 열며 활기차게 등장한다.
화려한 옷에 화장을 곱게 하고 꽃다발을 든 엄마 뒤로
화장을 거의 안 한 얼굴에 무채색 계열의 평범한 옷을 입은 딸이 따
라 들어온다.

엄 마　애, 난 니가 와줄 줄은 정말 몰랐다.

딸　엄마, 이제 그만해요. 귀 아파 죽겠어. 벌써 같은 소릴 열 번도
　　　더 했잖아.

엄 마　그럼 어떠니. 내가 얼마나 기쁘고 흐뭇했는지 앞으로 열 번을
　　　더 해도 다 말 못할 거다. 딸이 있다는 게 이렇게 감격스럽다
　　　니, 정말 고맙다.

딸　사실 오늘 어렵게 오긴 했어. 지난주에 말했잖아. 오늘 꼭 가야
　　　하는 세미나 있다구.

엄 마　그래. 절대 빠지면 안 된다고 그래 놓구 어떻게 왔니. 난 지난
　　　주에 초청장을 열 장씩이나 나누어 주는데 참 암담하드라. 누

구 줄 사람이 있어야지. 딱 한 사람 너나 와야 할 텐데 너도 못
온다고 하니까, 정말 서운했다. 너도 생각을 해봐라. 모두들 꽃
다발 받고 식구들한테 둘러싸여 사진 찍고 날리칠 텐데 내가
얼마나 초라했겠니.

딸   오늘 꽃다발은 마음에 들었수? 지난 번 권사 취임할 때 꽃다발
도 안 해올까봐 큰 꽃다발 맞춰 놨었잖우. 난 아주 질렸다니까.
자기 꽃다발 자기가 맞추는 사람이 세상에 어딨어.

엄 마   너 힘 덜어줄려고 그랬지. 그리구 바쁘게 해달라고 하면 꽃집
에서도 공연히 바가지 씌우는 법이거든. 오늘 이 꽃다발 정말
마음에 든다. 크지는 않아도 품위가 있어. 고맙다.

딸   그럴 줄 알았지. 크기가 또 서운하시구먼.

엄 마   아니야, 그런 거 아니야. 정말 마음에 들어. 크면 뭘 하니, 한
번 들고 버리는 건데.

딸   알았어. 다음부터는 꼭 미리 마음에 드는 걸로 맞춰 놔요. 내
돈만 내고 찾아갈 테니까.

엄 마   너 참 이상하다. 왜 사람이 진심을 말하면 꼭 그렇게 꽈서 듣니?

딸   또 시작이야. 엄마, 솔직히 말해서 노인대학 발표회가 뭐 그리
대단해서 꽃다발은 꽃다발이야. 그냥 갈래다가 지난 번 생각나
서 혹시나 하고 사가지고 갔더니 또 타박이지. 내가 공연히 왔
지. 그렇게 중요한 세미나를 빼먹고 갔어야 다 쓸데없는 짓이야.

엄 마   너 정말 공치사 되게 한다. 다른 집 자식들 못 봤니? 넌 항상 해
주고도 좋은 소리 못 듣는 게, 늘 이런 식이니까 그런 거야. 넌
그놈의 성질 못 고치면 평생 이렇게 노처녀로 늙어 죽을 거다.

딸   그렇지, 언제나 결론은 그거야. 엄마가 그렇게 날마다 고사 지

내고 악담을 해대니 내 앞길이 열릴 리가 있어? 해 준 게 뭐 있다구 바라는 건 많아 가지구.

엄 마 그래, 난 바라기만 한다고 쳐. 넌 또 뭘 그렇게 잘해줬니? 어버이날이라구 모이기만 하면 자식들이 뭘 해줬네 하고 자랑이 하늘을 찌르는데, 넌 어버이날이 언젠지 알기나 했니?

딸 엄마 잘난 아들 있잖아. 왜 나만 가지고 타박이유.

엄 마 걔가 여기만 있으면 물론 나 서운하게 안 했을 거다.

딸 미국에선 전화도 못하고 선물로 못 보내나. 다 마음이 없으니까 그렇지. 솔직히 말해서 엄마랑 같이 살기 싫어서 아마 이민 갔을걸.

엄 마 그런 소리 하지 마라. 남자는 모름지기 넓은 세상에서 살아야 성공도 하는 법이야. 제발 하나밖에 없는 동생 흉 좀 보지 마.

딸 아들이라면 그저, 딸을 그렇게 좀 위해 보셔.

엄 마 내가 왜 너한테 그러겠니. 그 어버이날 선물이라는 것두 사람들이 교수 딸이 뭐 해줬냐구 하도 물으니까, 혹시 사람들이 너 흉볼까봐 그러지. 그만하자. 기분 좋았다가 망치긴 싫어.

딸 잘 생각하셨수. 아이고 힘들어, 요즘은 왜 이렇게 피곤하지. 나이 먹어 그런지, 아주 죽겠어.

엄 마 먼 거리 운전하고 오니 왜 안 그렇겠니. 애, 어서 누워라. 옷 좀 벗고.

딸 엄만 안 피곤하우?

엄 마 오늘같이 좋은 날 뭐가 피곤하니?

딸 엄마 춤 잘 추대. 얼굴도 예쁘고 키도 크고, 멀리서도 눈에 젤로 띕디다.

엄 마 애, 나 키 크다고 여자 못할 뻔했다. 연습할 때는 내가 남자 했거든. 근데 의상을 본 다음부터는 꼭 여자를 하고 싶드라.

딸 예쁜 옷 입고 싶어서 여자로 바꿨수?

엄 마 그래, 말도 못하고 끙끙 앓았지. 근데 어느날 내가 그 옷을 한번 입어봤더니 사람들이 난리가 난 거야.

딸 이쁘다구?

엄 마 그래서 사람들이 날더러 막 여자 하라구 그러는 거야. 하기야 뭐, 여자 하는 게 부담스러운 점이 있긴 있어. 남자랑 손 잡어야 되잖아.

딸 엄마 파트너 오늘 보니까 멋있던데. 그중 젤 낫던데 뭐, 하기야 너무 기름기가 흘러서 좀 느끼하긴 했어. 꽤나 노는 영감님 아니야? 늙어도 그 끼라는 건 못 버린다며.

엄 마 나도 잘 몰라. 퇴직교사라는 거하고 부인하고 사별하고 혼자 산다는 것만 알지. 그보다도 난 아주 어색해서 혼났다. 남자랑 진짜로 손을 잡으니까.

딸 왜? 짜릿했수?

엄 마 글쎄, 가슴이 콩당콩당 뛰는 게, 뭐랄까, 하여튼 진짜 여자가 된 거 같은 느낌이랄까, 아이고 내가 주책이다. 그치.

딸 우리 엄마 저렇게 예쁜데 시집이나 가시지.

엄 마 애, 쓸데없는 소리 그만하구, 전에 니 친구가 웬 남자 이혼시켜 가며 결혼했다구, 그런 얘기한 적 있지? 그 친구 잘 사니?

딸 갑자기 그건 왜?

엄 마 요즘은 그게 죄 아니래드라. 드라마도 맨 그런 거잖아. 얼마 전에도 거 제목이 뭐드라, 배종옥이가 왜 황신혜 이혼시키고, 그이가 누구드라. 그래, 그 김영철이랑 결혼했잖냐. 배종옥이가 유명한 화간데 다 버리고 남자 따라 산골에서 그냥 아지매 돼 가지구 애 낳고, 그러구 살드라. 나 같으면 남자 없어두 출세하고 살면 좋을 거 같은데, 다 가지면 그것도 아닌가 봐. 난 다음에 태어나면 그렇게 근사하게 살고 싶든데 말이야. 뭐 부러울 게 있냐, 돈 많고 좋은 집에, 멋있게 살드만, 다 버리데, 참. 사랑한다는데 어쩔 거야. 너도 그 사랑이라는 것 좀 해봐라 제발.

딸 내 걱정은 말고 엄마나 실컷 좋은 남자 만나셔.

엄마 하기사 그렇게 추저분하게 하고 앉아서 꽤나 사랑도 하겠다. 어느 놈이 널 보고 사랑에 빠지겠니.

딸 엄마나 립스틱 찐하게 바르고 분단장하고 나가서 많이 사랑하셔. 요즘 노인들 연애하고 결혼하고 활발하잖아. 성생활 문제 진지하게 다룬 영화도 나오고 말야.

엄마 저게, 어디 저걸 말이라구.

딸 왜, 엄마 예쁘잖아. 얼마든지 결혼하지 뭐. 능력 있으면 이혼을 시키고 결혼을 하든지 죽은 남자 살려내서 결혼을 하든지 맘대로 하슈.

엄마 아이고 심장이야. 너 이럴 거면 다음주부터 오지 마라. 올 때마다 내 복장 뒤집어놓고 휘저을려면 오지 마. 엄마, 심장 안 좋은 거 알지. 나 흥분하면 숨 안 쉬어진다. 그러다 숨 못 쉬면 완전히 끝이야.

딸 오죽하면 올까. 나도 오고 싶은 생각 추호도 없어. 그놈의 시골 구석 지겨워서 오지. 엄마 보고 싶어서 오는 건 아니니까 걱정 마슈.

엄 마 내가 참아야지. (심호흡한다)

애, 근데 그 연구소 연구원이라는 거하고 교수하고 뭐가 더 좋으냐? 우리 교회 김 권사 있잖아, 그이가 자기 아들이 이번에 박사 돼 가지구 어디 연구손가 갔는데 연봉이 오천만 원이라구 자랑하드라. 그래서 내가 그랬지. 그래두 교수하고야 비교가 되나, 근데 그이 말이 교수도 대학 나름이래는 거야. 그러면서 당신 딸은 지방 대학 교수라서 자기 아들만 못하다는 거야. 정말 그러냐?

딸 엄마, 그런 말, 들은 체 좀 하지 마. 자랑하면 그냥 받아줘요. 그러면 이런저런 소리 안 듣고 끝나잖아.

엄 마 그래두 우리 딸이 얼마나 대단한 딸인데, 듣기가 싫어서 그러지. 여자가 박사에 교수 된다는 게 쉬운 일이냐. 그이는 아무 것도 몰르면서 연구소가 어떻네 대학이 어떻네 하고 떠들어댄다니까. 내 참 꼴사나워서.

초인종이 울린다

소 리 택배에서 왔습니다.

딸 웬 택배유?

엄 마 아참, 내가 불렀다. 이제야 왔네. 네 나가요. (방으로 들어가더니 큰 박스를 무거운 듯 끌고 현관으로 내간다)

딸 뭐야?

엄 마 아무 것도 아니다.

딸 엄마 또 홈쇼핑에서 뭐 샀다 물르는 거야?

엄마 아니, 뭐 별건 아니구, 철 바뀌면서 재고 상품이 싸게 나왔길래. 근데 막상 물건을 보니까 별로 마음에 안 들어서.

딸 제발 좀 그러지 말라니까.

엄마 그래, 다신 안 그럴게. 근데 그놈의 홈쇼핑이라는 게, 보고 있으면 그걸 안 사면 내가 꼭 손해 보는 것처럼 그런 생각이 들게 한다니까. 그래 또 넘어갔지.

딸 그러니까 절대 보지를 말라고 그러잖우.

엄마 (단호하게) 그래, 이젠 정말 안 본다. (슬쩍) 얘, 그래도 사지는 못할망정 돈 안 드는 구경도 못하냐.

딸 으휴, 하여튼. 엄마, 어버이날 선물 사드릴 테니까 나가요. 저녁은 해장국 같은 거 사먹구.

엄마 아니다, 괜히 해본 소리지. 선물은 무슨. 피곤한데 쉬어야지.

딸 근데 엄마, 제발 비싼 거 좀 입어보고 그러지 마. 내가 적당한 수준에서 골라줄 테니까 백화점에서 사람 입장 곤란하게 하지 말아요. 약속해야 돼.

엄마 그래, 알았어.

두 사람 현관으로 퇴장하면 백화점의 우아한 음악소리가 한참 동안 들린다

잠시 후 다시 들어오는 두 사람, 기분이 좋지 않다.
말없이 자기 방으로 들어가는 딸.
쇼핑백을 들고 쓸쓸하게 서 있는 엄마.
암전.

2. 일요일 오전

늦잠에서 일어난 딸이 구겨진 티셔츠 등을 입고 부시시한 머리를 한 채 텔레비전을 보면서 아침을 먹고 있다. 텔레비전에서는 한심스런 프로를 하고 있고 딸은 그걸 보며 낄낄거리고 있다. 거실 탁자에 포장김 한 봉지를 아무렇게나 뜯어 놓고 손으로 밥공기를 들고 먹는 둥 마는 둥 하며 텔레비전을 본다. 잘 차려입은 엄마가 교회에서 돌아온다.

엄 마 지금 뭐 하니?

딸 어, 교회 갔다 오슈? 아침 한 술갈 먹느라구.

엄 마 제발 그러지 말랬지. 아침 차려놓고 갔잖아. 왜 그렇게 초라하게 앉아서 그래. 너 자신을 좀 귀하게 여기라고 입이 닳도록 말하잖아.

딸 (여전히 텔레비전을 보면서) 아침인데 뭐 한 술 흉내만 내면 되지. 차려논 건 이따 점심 먹으면 되잖우.

엄 (밥공기를 빼앗으며 화를 낸다) 난, 너 이러는 거 제일 싫다. 왜 그렇게 밥을 먹어도 천하게 먹어? 주말에라도 엄마가 차려주는 거 편히 앉아서 먹으라구 그러잖아. 좀 품위 있게 먹으라니까.

왜 꼭 시어머니한테 쫓겨가며 먹는 사람처럼 그렇게 쭈그리고 앉아서 반찬도 없이 밥을 먹느냐 말이야. 에미 없이 새엄마 눈치 보면서 먹는 부엌데기 같다구.

딸 엄만 공연히 그러드라. 알았어. 안 그럴게. 아이고, 근데 엄만 어디 선보러 갔다 오슈? 예배당이 연애당이라는 말이 맞긴 맞나부네. 하나님이 예쁘다고 꽤나 하시겠수.

엄 마 넌 에미가 구질구질하게 하고 다녀야 직성이 풀리겠니? 왜 그렇게 엄마 옷차림에 불만이야.

딸 누가 보면 너무 부잣집 마나님인 줄 알까봐 그러지.

엄 마 그럼 좀 어때서? 넌 없다고 꼭 남들한테 궁기를 내보이는 게 좋으냐. 있는 옷 찾아서 깔끔하게 입고, 있는 반지 목걸이 뭐 하니, 하고 다녀야지. 죽은 다음에 무덤에 넣어줄래?

딸 아니, 좋아. 너무 예뻐서 그래. 근데 엄만 남자 없수? 사귀는 사람 있으면 나 좀 소개시켜 줘. 내가 좋은 사람인가 봐 줄게.

엄 마 참, 그러고 보니 너야말로 오늘 선보는 날 아니냐? 어제 백화점 갔을 때 괜찮은 옷 좀 한 벌 사라니까 그렇게 고집을 피우고 말을 안 듣더니. 너 연구원보다 정말 월급이 적은 거야?

딸 엄마, 한 달에 오백만 원 버는 게 쉬운 일인 줄 아슈?

엄 마 그럼 김 권사 말이 정말이냐? 난 교수가 세상에서 젤로 좋은 직업인 줄 알았더니. 아무리 그래도 철따라 품위 있는 옷 몇 벌은 있어야지. 오늘 선보러는 뭐 입고 나갈래. 나이 마흔에 어디 선자리나 쉬 들어오니? 오늘 잘 보여야지. 그쪽도 교수라던데.

딸 교수면 뭘 하우. 애 딸린 홀애비에 나이는 오십이 넘었는데.

엄 마 그럼 처녀로 늙어 죽을래?

딸 엄만 결혼생활이 좋았수? 나 시집 못 보내 난리게.

엄마 나야 뭐 그냥 그랬지. 가난한 집에 시부모 모시고 챙길 식구 많고, 즐거운 일은 별로 없었지. 게다가 아버지도 자상한 사람은 아니고.

딸 근데 뭘 그렇게 결혼 타령이우.

엄마 난 옛날 사람이구, 다 끝난 인생인데 새삼 말해 뭐하니?
모두 내 잘못이다. 미안해. 그 법대 다니던 애 만날 때 그냥 두는 건데. 엊그제도 텔레비전에 나와서 뭐라뭐라 하드만. 자리가 사람을 만든다구 그애 얼마나 근사해졌는지 몰라. 옛날엔 하도 없어 보여서 그랬는지 인물이 그렇게 훤한 줄 몰랐는데 말이야. 우리집 드나들 때 그 꾀죄죄하던 건 꿈에도 안 남아있어. 그애가 우리집에 전화할 때면 제 이름을 하도 또박또박 말해서 이름 기억하니까 알아보지, 너도 못 알아볼 거다. 걔 꼭 전화하면 그렇게 말했거든, 큰 대자 이룰 성자 쓰는 김대성입니다. 좋은 집안 여자랑 결혼했겠지.

딸 그 얘긴 그만둬요.

엄마 난 가난한 남자라면 지긋지긋했거든. 내 딸은 정말 부잣집으로 보내고 싶었다. 그애가 똑똑한 건 알면서도 겁이 났어. 막상 진짜 고시패스해서 이렇게 잘 나가는 변호사가 될 줄이야 알았나. 우리 딸한테 그보다 잘난 남자들이 줄을 설 줄로만 알았지.

딸 인연이 아니어서 그랬겠지. 엄마가 헤어지라고 해서 꼭 헤어졌겠어. 엄마 탓 아니야. 괜한 생각은 마요.

엄마 그래도 그때 늬들이 헤어져서 이를 악 물고 공부해서 넌 교수가 된 거구 그애도 고시패스 한 건지 모른다. 둘이 서로 쳐다보고만 있다가 너도 그냥 아줌마 되고 그애도 그냥 평범한 회사원이나 됐을지 누가 아니. 하여튼 넌 교수니까. 결혼은 좀 늦었어도, 그래도 성공했잖아.

딸 그만해요. 아이고 성공한 여자, 나갈려면 세수라도 좀 해야지.

엄마 어제같이 그 우중충하고 추레한 옷 말고 고운 빛깔 나는 거 뭐 없냐? 얼른 씻고 와라. 내가 마사지라도 해줄게. 원 저놈의 피부 좀 봐. 얼마나 안 가꾸는지 나보다도 윤기가 없잖어. 빨리 닦고 와, 내 오이 마사지 준비할 테니까.

딸 일 없수.

딸이 자기 방으로 퇴장하고 암전.

3. 일요일 오후

엄마가 소파에 누워 텔레비전을 보고 있다.

꼬박꼬박 졸다가 꿈을 꾼다.

엄마의 꿈 속에서는 딸이 엄마 역할을 한다.

엄 마 아버님, 왜 이러세요. 몸도 안 좋으신데. 약주 좀 그만하세요.
아, 아니에요. 잡수세요. 어디 아까워서 그러나요. 아버님 몸
생각해서 그러죠. 아, 아니에요. 불만이 있는 건 아니구요, 네
물론 다 제가 할 일이죠. 당연히 큰며느리가 해야 할 일이죠.
알아요. 아버님, 근데 제발 이렇게 주정은 하지 마세요. 이러시
면 저 정말 힘들어요. (술상이 던져지고 와장창 깨지는 소리) 아버
님, 제발, 상 던지는 건 제발. (운다) 아버님, 정말 너무하세요.
하루 종일 어머님 똥기저귀 빨아대고 아버님 술주정에, 시집간
고모까지 저렇게 와 있고, 잘난 서울 산다고 시골 사는 친척들
허구한 날 들끓고, 제가 어떻게 이 살림 해나가는지나 아세요.
이러구 고생해야 아버님, 하루가 멀다하고 뒤집어 엎으시고,
절더러 더 이상 어떻게 하라는 말씀이세요. 제발, 아버님 저 좀
살려주세요. 저 이러다 죽을 거 같아요. 몸 부서지도록 일하고

도 이렇게 가슴이 터지도록 속이 상해서, 저요, 진짜 죽을 거 같다구요. 아버님, 저 숨 좀 쉬게 해주세요. 숨이 막혀요. 숨이, 숨이 안 쉬어진다구요. (헉헉대다가 넘어진다)

엄마, 숨을 못 쉬어서 괴로워하다가 다시 이어서 꿈을 꾼다.

엄 마   밥 먹어요. 반찬? 반찬이 이렇지 뭐. 지금 애처럼 반찬투정 하는 거유? 우리집은 원래 이래요. 아버님 상에나 가끔 생선 꼬랑지라도 올리지, 우린 늘 이렇게 먹어. 아가씨 집에 가서 잘 해 먹구려. (아차 싶은 표정, 긴 침묵)

오해하지 마요. 미안해. 그러니 왜 난데없는 반찬투정이유 그래. 미안해. 내가 요즘 좀 어려워서 그랬어. 나랑 시장 갈래요? 오늘 저녁에는 동태찌개라도 해먹을까? 김치 넣고 푸짐하게 끓여서 말야, 맛있겠다. 그치? (사이) 아가씨, 이러지 마. 나 정말 이 사람 저 사람 비위 맞추는 거 너무 힘들어. 아가씨까지 왜 이래. 그리고 아가씨도 어머니 방에 좀 들어가고 그래요. 딸이 돼가지구 엄마 똥기저귀 좀 치우고 그러지, 왜 못해? 난 어머니 거 다 하는데 왜 딸이 그거 못해? 그리고 이제 살림 살아봤으니까 내가 얼마나 어려운지 알 거 아냐. 언제까지 공주 노릇이야. 좀 도와주고 그럼 좋잖아.

울지 마요, 또 왜 이래. 아버님 걱정하셔. 조용히 좀 하라니까. 어휴, 정말 왜 이래요. 아버님한테 기어이 나 또 한 차례 혼나게 해야 직성이 풀리겠어? 그렇게 애같이 구니까 남편하고 지대로 못 살고 쫓겨오고 그러지. 그렇게 죽고 못사네 하드니 걸

핏하면 친정이니 원. 아가씨, 난 이날 이때까지 남편하고 싸우고 친정 간다는 건 꿈도 못 꿔봤수.

그만 좀 해. 정말 화낼 거야. 이래가지구 어떻게 이 험한 세상 살아갈려구 그래. 정신 좀 차려요. 이왕 시집 갔으니까 잘 살아야지, 아가씬 정말 좋아서 간 거 아냐. 나처럼 얼굴 한 번 보고 온 것도 아니고 말야. 그러니 뱃속의 애 생각해서 집으로 가요. 이렇게 울고불고 그러면 애한테 안 좋아. 애가 얼마나 불안하겠어. (사이)

그래, 한바탕 울고 나면 좀 풀리는 법이야. 내가 엄마나 진배없지 뭐. 인제 내 말 알아들었어? 그래, 나하고 시장 가요. 내가 오늘 맛있는 것도 사고 쉐타라도 하나 사줄게. 친정에 왔다 가는데 예쁘게 입고 가야지. 아냐, 돈 있어. 그런 걱정 말고 자 얼른 세수하고 나가요, 으이구 우리 공주님, 언제나 철나나 그래.

엄마, 간신히 꿈에서 깨어난다.

우울하다.

떨쳐버리려는 듯 고개를 크게 젓는다.

채널을 이리저리 돌리다가 시계를 보다가 안절부절 못하는 분위기.

어제보다는 조금 밝은 색으로 입고 딸이 검은 비닐봉지를 들고 들어온다.

엄 마   어떻게 됐니?

딸   어떻게는 뭐.

엄 마   늦는 걸 보니까 잘되나 했다.

딸 바로 헤어졌는데 시내 나간 길에 서점에 있다가 왔어요.

엄마 잘 안 됐냐?

딸 이 나이에 무슨 좋은 일이 있겠수. 나이는 쉰 둘에 애는 하나도 아니고 둘이래. 그중 하나는 다섯 살이래니, 웬 늦둥이는 낳아놓고 이혼이야 그래. 게다가 그 남자는 바깥일이 무지 많은 사람이라 집에도 거의 못 들어가는 날이 많대니 완전 보모 구하는 격이지 뭐. 내가 이제 와서 남의 애 둘 맡아서 속썩을 일 있수. 반항적인 사춘기 여학생과 코흘리개라니, 생각만 해도 아찔해. 난 이대로 살래. 얼마나 좋아. 자유롭고.

엄마 그래, 그건 좀 그렇다. 중매쟁이들은 꼭 그렇게 거짓말을 좀 섞는다니까.

딸 엄마, 우리 술이나 한잔 할까. 엄마랑 한잔 할려구 술 사왔지. 난 소주가 젤로 좋드라. 맑은 게, 꼭 깊은 산 속에 시냇물 같은 게. 소주 마시면 뱃속에 더러운 거 다 씻겨 내려가고 내 속이 저렇게 투명해질 거 같은 생각이 든다니까.

엄마 그래, 한잔 하자. 우리 딸하고 낭만적으로 한잔 하자.

딸 낭만적으로? 훗.

둘이 봉지를 풀어 소주를 마시기 시작한다.

딸 엄마, 노래 한번 불러봐.
요즘 노인대학에서 무슨 노래 배웠수.

엄마 나 노래 못하잖냐. 니가 한번 해봐라.

딸 엄마가 못하는 노래가 어딨어. 가사만 있으면 다 부를 수 있잖아.

엄 마 너무 놀리지 마라. 그래도 내가 1부 여전도회에서는 제일 잘한다 너.

딸 호호 할머니들 중에서?

엄 마 다들 내가 잘 부르는 줄 안다 이거지.

딸 내가 초등학교 다닐 때 엄마가 어머니 합창단에 끼어서 그 비목이란 노랠 불렀잖아. 엄마가 그때 선생님한테 봉투도 못 주는데, 합창단에 끼어서 인원수라도 채워준다면서 열심히 나가서 입만 벙긋거렸지 왜.

엄 마 나 그 노래 참 좋아했었다. 너무 슬프잖아. 근데 대회 나가서 입만 벙긋거리다가 너무 심취한 나머지 흥분해서 그만 한 도막 큰 소릴 내고 만 거야.

딸 엄마 때문에 상 못 탔겠네.

엄 마 그래, 돌아오는 버스 안에서 어찌나 부끄럽든지. 그 담부턴 정말 노력했다. 절대 소리 안 내려고 말이야.

딸 그 후로도 합창단을 나갔단 말이야? 하여튼 대단한 엄마야.

엄 마 나 그 노래 지금도 부를 줄 안다. 참 근사한 노래지. (엉터리 음으로 매우 진지하게 비목을 부르는 엄마)

딸 엄만 용감해. 난 엄마처럼 그런 용기가 없어.

엄 마 헛소리 하지 말고 너 한번 불러봐.

딸 요즘 노인대학에서 배운 노래나 해봐. 태진아, 송대관 그런 노래 배운다며. 신나는 걸루 한번 해봐.

엄 마 그럴까, 너 그럼 좀 도와줘야 된다.

'사랑은 아무나 하나' 등의 노래를 너무나 진지하게 부르지만 가사

만 같고

곡은 완전히 지어서 부른다.

따라서 부르다가

어느새 '사의 찬미'를 혼자 부르는 딸.

딸   광막한 광야를 달리는 인생아, 너는 무엇을 찾으려 하느냐. 이 래도 한세상 저래도 한평생, 돈도 명예도 사랑도 다 싫다.

엄 마   애, 넌 젊은애가 어째서 그렇게 처량한 노래를 부르니? 그러니까 인생이 우중충한 거야. 사람은 긍정적으로 살아야 좋은 일도 생기고 그러지. 노랠 하나 불러도 그렇게 죽어가는 노래를 부르니 좋은 일이 오다가도 가버리겠다.

딸   내 인생이 어때서. 시집 좀 못 갔다고 인생이 끝장이라도 나나.

엄 마   애, 사람은 말이야. 자기가 스스로 격을 높이기도 하고 인생을 변화시키기도 하고 그러는 거야. 너, 사람들이 왜 그렇게 명품에 열내는지 아니? 그런 걸 하나 입으면 사람이 격이 달라지는 걸 느끼거든. 인생이 좀 업된 걸 느끼게 된다 이 말이야.

딸   업된다구? 엄마 유식하네.

엄 마   그 정도 모를 줄 아니. 너 엄마 너무 무시하지 마라. 노래를 불러도 좀 명랑한 걸루 부르고 옷도 맨 싸구려만 찾지 말고 명품을 입고 그래봐. 얼마나 기분이 좋아지는데.

딸   엄마가 명품을 입어봤수?

엄 마   걸쳐는 봤지. 백화점 가서 입어보는 것도 못하니? 근데 너같이 입고 가면 입어보지두 못한다. 어느 정도 살 능력이 있어 보이는 사람이나 입어보라구 하지 너같이 추레하게 입고 가면 돈

　　　　　있어도 못 입어봐.

딸　엄만 참 대단해. 주머니에 돈 한 푼이 없으면서 무슨 배짱으로 그렇게 비싼 걸 입어보고 그래? 놀라워.

엄마　진짜 맘에 들면 하나 살 수도 있지 뭐, 나라고 못 사니? 백화점 카드 있잖아.

딸　엄마가 카드까지 있어?

엄마　옷이라는 게 한 번 잘 사면 십 년도 입을 수 있어. 싸구려 매년 사는 거나 한 번 좋은 거 사서 품위 있게 십 년 입는 거나, 뭐가 더 이익이니.

딸　엄만 부잣집에서 살았어야 해. 엄마 전부터 생각한 건데 고생 고만하고 좋은 사람 있으면 시집가요.

엄마　별 소릴 다한다. 너나 가라. 난 너 때문에 가슴 한구석이 무거 운 게 콱 막혀서 소화도 안 되잖아. 머리가 늘 깨지는 거 같구. 자다가도 니 생각하면 잠이 턱 깨가지구 심장이 벌렁벌렁하고 밤 꼴딱 샌다. 너희 학교에 노총각 없냐?

딸　돈 많고 인품도 있고 점잖고 엄마한테 잘해줄 사람 없나? 교회 나 노인대학에 혹시 없수?

엄마　우리 딸 나이 더 먹기 전에 정말 좋은 사람 만나서 결혼하는 걸 봐야 내가 안심이 될 텐데.

딸　엄마, 근데, 홈쇼핑에서 물건 많이 샀대.

엄마　아니다, 나 산 거 없다. 거 마사지 겸용으로 쓰는 다리미하고 여름에 그 중국산 돗자리 하나하고, 그렇게밖에 산 거 없다.

딸　그래, 알아요. 엄마가 모피코트하고 보석하고 또 그놈의 명품 핸드백하고, 그런 거 샀다가 모두다 반품한 걸 봤어.

엄 마 뭐? 니가 그걸 어떻게 아니?

딸 어저께 엄마가 뭐 돌려보내는 거 보구서 밤에 컴퓨터로 검색해 봤어. 많이 샀다가 다 반품한 거 말야. 속이 좀 상했지. 실은, 엄마한테 그런 거 다 사주고 싶은데, 내가 돈이 별로 없어.

엄 마 내가 그놈의 홈쇼핑을 보질 말아야지. 내가 철이 없다. 진짜 가지고 싶어서 그런 건 아니구 그냥 충동적으로, 그 선전하는 사람 말에 솔깃해 가지구, 다신 안 그럴게.

딸 엄마, 나는 해주고 싶어도 다 못해줘요. 내일은 진짜, 엄마 가지고 싶은 거, 그 중에서 딱 하나만 사드릴게. 어제도 백화점 갔다가 화만 내고, 미안해. 어제 그 옷 맘에 안 들지?

엄 마 아니다. 난 니가 좋은 옷 좀 입었으면 해서 그랬지. 아니 교수가 그래 맨 싸구려 가판대만 들여다보니까 내가 얼마나 속이 상하든지. 근데 너 그렇게 어렵냐? 하기사 너도 월급날이면 정신 없을 거다. 엄마가 하나 도와주지는 못하고 순 짐만 되니. 내 건 그만두고 너 노트북이나 하나 사라. 학교 컴퓨터 고장났다면서. 교수가 딴 건 몰라도 컴퓨터는 꼭 있어야지.

딸 그거 고쳤어. 노트북은 뭐. 담에 복권이라도 하나 맞으면 사든지 하구 엄마 홈쇼핑에서 반품한 것 중에서 하나만 다시 사요. 내가 속이 많이 상했어. 엄마 가지고 싶은 거 하나도 못 사주면서 성질만 부리고.

엄 마 아이고, 효녀 났네.

딸 엄마, 미국 간 아들 위해서 기도 많이 하구 서운해 하지는 마. 남의 땅에 가서 어디 자리나 쉬 잡겠수. 정신 없겠지. 그저 무소식이 희소식이다, 그렇게 생각하고 엄만 건강이나 챙기구 하루하루 즐겁게 사셔. 걱정해 봐야 무슨 소용 있어.

엄마 걔가 그래도 효잔데. 그치. 내 그놈의 김 권사 보기 싫어서 말이야, 꼭 그렇게 내 복장 뒤집어 놓는 소리만 한다 너. 우리 아들이 뭐를 하건 자기가 뭐 그렇게 상관할 게 있니 그래. 미국서 뭘 하느냐고 꼬치꼬치 묻지 뭐냐. 그러니 아직도 자리 못 잡았다고 할 수가 있어야지. 여기저기 하두 오라는 데가 많아서 아직 결정을 못하고 고르는 중이라고 했지. 그놈의 할망구, 자기 아들이 이번에 연구소 취직했다고 어찌나 잘난 체를 하는지. 내 딸은 교수다, 이 사람아. 교수는 명예직이야. 돈벌이는 덜 될지 몰라도 학문하고 학생들 가르친다는 게 얼마나 대단한 거냐. 그저 무식한 할망구들은 아무리 설명을 해야 모른다니까.

딸 그만 잡시다. 나 취했어. 내일 일찍 학교 가야 돼요.

딸 들어가고 엄마, 남은 소주잔을 기울이며 쓸쓸한 음악 흐르는 가운데 암전.

4. 딸의 월요일

지방, 딸의 집.

책상과 컴퓨터, 소파가 있다.

딸이 한 손에는 무거운 가방을 들고 한 손에는 책을 안고 들어온다.

물건들을 아무렇게나 놓고 소파에 앉는다.

우편물을 보다가 급히 봉투 하나를 뜯는다.

여러 번을 읽고 다시 읽기를 반복한다.

복잡한 표정이 된다.

감상에 젖어 보인다.

핸드폰이 울린다.

딸   (의미심장하게 혹은 기대에 차서 목소리를 가다듬고) 여보세요.

엄 마   잘 도착했냐?

딸   (실망한 듯) 아. 엄마.

엄 마   얘, 주말에 너 데리고 병원 간다고 해놓고서 또 못 갔구나. 어떠니?

딸   엄마, 나 지금 좀 바쁘거든, 이따 나중에 전화할게.

편지를 수없이 읽고 또 읽는 딸.

점점 어두워지는 조명 아래서

전화기만 바라보고 있는 딸.

울리지 않는 전화기.

혹 꺼져 있는지 다시 잘 들여다본다.

기다림 끝에 벨이 울린다.

목소리를 가다듬고 조심스레 수화기를 든다.

딸　　(최대한 그윽한 목소리로) 여보세요.

로맨틱한 음악이 감미롭게 흐르는 가운데 암전.

5. 화요일 저녁

무대에 나란히 앉아서 통화하는 모녀.
딸은 오락프로를 틀어놓고 있다.
엄마는 청춘 멜로드라마를 틀어놓았다.

엄 마 왜 그렇게 전화를 안 받았니?

딸 엄만 꼭 내가 화장실 있을 때 전화하더라. 사람 불안하게.

엄 마 그렇게 오랫동안 앉아 있으면 너, 점점 심해진다. 오늘 병원 갔었니?

딸 아니, 시간이 있어야지.

엄 마 그렇게 계속 미루다가 어쩔려구 그러니. 난 오늘도 그 김봉수 한의원에 갔었다. 왜 너랑 같은 대학 나온 사람 있잖아. 너랑 동갑이구. 그런 사람이랑 결혼했으면 얼마나 좋을까. 또 혼날 소리 하지. 참 젊은 사람이 얼마나 실력 있는지 아니. 내가 가면 딱 알아 맞춘다 너. 가슴이 꽉 막히고 숨이 안 쉬어지고 머리는 깨지게 아프고 입맛 없다구 그러잖아. 그럼 그 사람이 이런다. 주말에 따님이 왔다 가셨군요. 그러니 귀신 아니니.

딸 못된 딸년 됐다구 동네방네 소문을 내고 다녀요 아주.

엄 마	난 너 때문에 정말 죽겠다. 오늘 왜 병원 안 갔니? 니 아버지 무슨 병으로 죽었는지 너 잊었냐?
딸	으이그, 지겨워, 또 그 소리. 아버지가 물려준 거라곤 그놈의 치질이랑 장 나쁜 거랑 빚이랑, 순 그런 거뿐이지. (강조해서) 게다가 엄마까지.
엄 마	(못 들은 척하고) 그 대장암이라는 게 다 치질에서 생기고 그러는 거 아니냐. 물론 시집도 안 간 처녀가 의사한테 엉덩이 보여주는 게 어렵다는 건 알지만, 그래도 어떡하니, 보여주고 치룔 받아야지. 니 아버지 대장암으로 돌아가신 거 잊지 마라 너. 그놈의 암이라는 게 유전이래지 않니.
딸	또 시작이야, 엄마 제발 알아서 할 테니까 그만 좀 해.
엄 마	니가 남편 있으면 내가 이러지 않는다. 나 아니고 누가 너 챙기니.
딸	엄마나 병원에 실컷 가슈. 한의원이구 내과구 맨 병원 가는 게 아주 취미생활이지. 보면 멀쩡하더구만 그렇게 병원에 돈 다 퍼다주고. 엄마나 병원에 단골로 다니면서 천년만년 살어요. 난 내 명대로 살다 죽을 테니.
엄 마	넌 나 오래 살까봐 걱정이지. 그래, 너 나 죽거든 니가 한 말이 씨가 돼서 죽은 줄이나 알어. 에미가 아퍼서 참다 참다 병원에 한 번 간 거 가지구 또 돈 아까워서 그러지. 넌 돈밖에 몰라. 인간미가 없다구. 그러니 시집을 못 가지.
딸	그 소릴 하루에 한 번씩 안 하면 잠이 안 오지. 알았어. 엄마 옆에서 평생 군시령대면서 살 테니까 엄마도 야속한 딸년 생각해서 아등바등 악착같이 살어.

엄 마　너 정말 그러는 거 아니다. 엄마가 너한테 얹혀 산다고 해서 그렇게 함부로 상처 주고 그러는 거 아니다. 그래도 난 니 엄마 아니냐.

딸　그래요, 아주 대단한 엄마지. 그런 대단한 엄마가 대체 나한테 해준 게 뭐가 있어. 부모로서 해준 게 뭐가 있냐구. 정말 이렇게 사는 거, 나두 지겹다구.

엄 마　(자신 없게) 이만큼 가르쳤잖아.

딸　알량한 대학 가르친 거? 제적통지서 받고 나서야 돈 구해서 간신히 제적 면하게 등록금 내줬지. 두어 번이나 될까? 대학 가지 말라고, 돈이나 벌라고, 날 얼마나 달랬는데. 대학 나온 아버지가 오늘날 내 꼴을 보라고 하면서, 대학이 얼마나 별 볼일 없는지를 깨우쳐 줄려고 했으니.

엄 마　그 소리 좀 그만해라. 그래도 너 이만큼 잘됐잖아. 미안하다. 난 그 얘기만 하면 죽고 싶다. 제발 그만해.

딸　나라면 떡장수를 하든 파출부를 하든 뭐라도 해서 공부하겠다는 자식 끝까지 가르쳐. 자식 앞길 막으려고 하는 게 부모야. 그러고도 어버이날은 찾어요?

엄 마　그래, 다 내 잘못이야. 그만 끊자.

딸　왜 또, 가슴이 막히고 숨이 차고 머리가 터질 것 같아서 그래요?

엄 마　그만 끊자.

엄마 쪽 조명 꺼지고 딸은 전화기를 든 채 허탈하고 우울하다.
조명 점점 어두워지고 흐릿한 어둠 속에 한참을 그렇게 앉아 있다.

6. 며칠 후

신문을 여러 종류 쌓아놓고 심각하게 신문을 뒤지다가 무언가를 오
리고

달력에 몇 개의 동그라미로 표를 해두는 딸.

걱정스러운 표정.

책을 쌓아놓고 컴퓨터 작업을 하는 등 분주한 모습.

잠시 후 무슨 생각이 난 듯 핸드폰을 보고 놀라며 충전한다.

퇴장한다.

뉴스에서는 교수채용 관련 뉴스가 나온다.

예를 들면 자기 학교 교수채용 비율이 높다든지 여교수 비율이 낮다
든지 등.

잠시 후 신경을 쓴 옷차림을 하고 나온다.

전화기를 만지다가 리모콘으로 채널을 신경질적으로 돌린다.

정장을 한 채 소파에 눕는다.

자세를 바꿀 때마다 날이 점점 어두워진다.

텔레비전에서 9시 저녁 뉴스를 시작한다.

여전히 그렇게 소파에 누워 있는 딸이 어둠 속에 묻힌다.

7. 아버지의 기일

찬송가를 펴들고 혼자 예배를 드리고 있다.

엄 마 (기도를 마치고) 잘 계시우? 오늘이 그래도 명색이 이름 있는 날
인데 아무도 없고 나 혼자예요. 미안해요. 그렇지만 이해해야
지 어째요. 우리 때도 살기가 어려웠지만 요즘 애들도 여간 살
기가 어렵지 않다우. 두 애들 가르쳤으니 잘 살 거라구 생각했
었는데 요즘 세상에 못 배운 사람이 어디 있어야지요. 대학 나
온 거 가지구는 명함도 못 내밀고 박사도 흔해터졌으니 이게
어찌된 세상인지 모르겠어요.

전화벨 울린다.

엄 마 그래, 괜찮다. 나 혼자 예배 잘 드렸다.
니들 앞길 잘 열어달라고 했지 뭐라고 하냐. 애비된 사람이 애
비 노릇 다 못하고 먼저 갔으니 선한 업을 많이 쌓아서 그 대신
우리 자식들 복 받게 하라고 했지.
아무러면 어떠냐. 하나님이든 부처님이든 우리 자식들 잘 살게

만 해주시면 됐지. 나는 아주 내놓고 양 다리 걸치고 싶다. 하
나님하고 부처님하고 어느 분이 더 센가 시합시키고 싶은 심정
이야. 알았다 알았어. 한 군데라도 열심히 믿으라구. 맞어, 나
라두 오락가락하는 놈 있으면 미워서 암것도 해주고 싶지 않을
거다. 그래, 염려말고 일해라. 산 사람이 중요하지 뭐, 이 험한
세상에 돈이구 집이구 암것도 안 남기고 죽은 애비가 무슨 끗
발 있어서 자식들 불러 모으고 기일 찾아 먹겠냐. 아니다. 괜찮
다. 다음에 같이 예배 드리면 되지 뭐. 그래, 들어가라.

전화를 끊고 잠시 생각에 잠긴다.

엄 마   (서글퍼져서) 그러게 내가 병원 가서 그놈의 치질 검사 좀 하라
고 그렇게 졸라대도 고집을 부리드니, 참 꼴 좋아요. 날마다 피
를 그렇게 쏟고도 숨기고 암덩어리가 대장을 가득 채우도록 병
을 키워요 그래. 정말 미련하고도 미련한 양반. 돈 꽤나 버느라
고 바빠서 병원에 못 갔으면 말을 안 하지. 그놈의 돈 돈 돈. 그
놈의 돈 벌려고 그렇게 아등바등했어야 남은 게 뭐유. 자식들
한테 유산을 남겼수, 그럴듯한 집 한 채를 남겼수, 혼자 남은
마누라한테 그 흔해터진 보험증 하나를 남겼수. 자식들한테 남
긴 거라곤 빚더미뿐이니, 게다가 이 아무 짝에도 쓸모없는 마
누라를 덤으로 얹어서 남겨줬으니, 참 우리 애들도 불쌍하지.
애들이 오늘 못 왔다구 해서 하나도 서운해 하지 말아요. 우리
애들도 살아볼려구 무진 애쓰는 중이고 부모가 돼가지구 하나
도 도와주지도 못하니 행여 기일이네 제사네 아무 것도 바라지 말

아요.

여보, 제발 부탁이우. 우리 애들 위해서 선한 공덕 좀 많이 쌓아보슈. 하기사 성경에 보면 가난한 나사로가 천국에선 하나님 우편에 앉아 호사를 누린다고 나와있습디다. 당신도 이 세상에서 없이 살았으니 어디 하나님 가차운 데 앉았으면 제발 빽 좀 써봐요. 우리 아들 딸 앞길 활짝 열어주라고 하나님한테 부탁 좀 해봐요. 여기 멀리 있는 나보다는 아무래도 하나님하고 가까운 데 있을 거 아니우.

우리 딸이 나이 사십에 시집도 못 가고 저러구 있는데 난 정말 숨이 막힌다우. 그리고 당신, 미국 간 우리 아들 잘 지켜보고 있는 거유? 이런 저런 생각 하다 보면 자다가도 숨이 넘어갈 것만 같애요. 당신 아직 나 데려갈 생각은 말고 우리 애들 소원 다 이뤄주고야 데려가요. 그 때까진 난 죽어도 안 갈 거유.

산다는 게, 그 우리 딸년 노래만큼이나 덧없고 허망한 생각이 드니, 당신은 그래 살기가 좀 어떠시우?

팔십 키로나 나가던 사람이 삼십 키로까지 몸무게가 줄었는데 난 보다보다 그때 하나님한테 기도했었수. 저이 좀 이제 그만 데려가라구 말이우. 저렇게 뼈만 남아서 고통스러운데 하루를 더 사는 게 무슨 소용 있나 싶었지. 믿지도 않던 하나님한테 무작정 살려달라구 기도하고 매달리고 울고불고 했지만, 막판엔 그랬다우. 제발 좀 데려가시라구. 살이라곤 하나도 안 남고 그저 뼈하고 가죽뿐인데, 그놈의 욕창이라는 게 온몸에 생겨서 이리 눕지도 못하고 저리 눕지도 못하는 형편이 됐으니, 산다는 게 무슨 의미가 있겠수. 하나님이 내 기도 금방 들어주십디다. 그래 그 고통에서 놓여나니까 얼굴이 그렇게 맑아지고 천사가 저런 얼굴이겠거니 싶은, 그런 얼굴이 됩디다.

내 맘이 참 이상했지. 관 속에 누운 당신이 베옷이 아니라 자주색 비로도 옷을 입고 왕처럼 관을 쓰고 있는 걸로 보이니, 내가 그때 내 정신이 아니었지. 하여튼 난 그때 내가 믿는 하나님이 당신을 하늘나라로 데리고 가셨다는 걸 확신했수. 당신 고생 참 많이 했잖우. 이제 고만 편히 쉬라구 그렇게 내 빌었는데, 요즘 지내기 좀 어떠시우? 좀 편해졌수? 살 만해요? 아는 사람 혹 만났수, 아님 누굴 좀 사귀었수? 당신 맨날 이러쿵 저러쿵 하면서 다퉜다 정다웠다 부부싸움하듯 지내던 그 김원갑 씨 있잖우, 그이도 죽었어요. 만났수? 말년에 병원에 누웠는데 한 번 갔더니만 날 보고 당신 만난 듯이 반가워합디다. 내가 전도하고 기도해 줬다우. 당신 적적할 텐데 친구 만나니 반갑겠수.

천천히 낮은 소리로 성경책을 읽어내린다, 남편을 위로하듯, 자신을 위로하듯. 그 소리가 자장가 소리처럼 평화로운 가운데 암전.

8. 또 다른 토요일

딸이 등장.

엄 마　아이고 우리 딸, 일주일 만에 보네. 거 이번 주에 머리 좀 하라
니까 그렇게 엄마 말을 안 듣지. 나이 들수록 외모를 좀 가꿔야
돼. 이번 주에 나랑 머리 하러 가자. 이번에 우리 동네에 이가
자 미용실 생겼다. 거기가 유명하다며. 그이가 중국까지 가서
파마하고 그런다고 테레비에 나왔드라. 전화로 물어봤더니 한
십만 원이면 머리 할 수 있대. 나랑 거기 좀 가보자.

딸　엄마도 하고 싶다고 그럴까봐 같이 안 가네요. 혼자 슬쩍 하든
지 해야지.

엄 마　그런 걱정은 마라. 난 요기 아줌마 파마 하는 집으로 다니니까.
나야 그저 오래만 가믄 되지. 하두 드라이를 해서 그런지 아무
리 뽀글뽀글 말아도 금방 풀어져서 파마값 아까워 죽겠다. 이
가자 갈 돈이면 세 번은 할 걸.

딸　그래도 엄마는 맛있고 싼 집보다 비싸고 맛없는 집 훨씬 좋아
하잖우.

엄 마　왜, 비싸고 맛있는 집이 좋기야 제일 좋지. 사람은 조금을 먹어

도 품위 있고 우아한 데를 가끔은 가야 돼.

딸   왜? 업되는 느낌 받을려구?

엄 마   그래, 그거야. 말하자면 그런 날을 기억하면서 우울한 날들을 버티는 거지.

딸   근데, 어디 우아한 데를 그렇게 가봤수?

엄 마   응? 어, 니가 저번에, 거 어디냐, 그 스파게티 먹으러 갔던 데, 무슨 이태리 식당인가, 거기 참 좋드라.

딸   메뉴판에 온통 이름도 모르는 스파게티가 삼십 가진가 있고 기껏 골라 먹었어야 뭘 먹었는지 이름도 몰르고 나온 데?

엄 마   그래, 거기. 좋잖아, 웨이터가 얼마나 예의바르니. 문 열어주고 의자 당겨주고 커피 더 드릴까요? 이러구 말이야. 아이스크림까지 서비스로 줬잖니. 참 이쁜 아이스크림이었다. 너 생각나니?

딸   감자탕이나 먹을 걸 하고 무지 후회했었지.

엄 마   너, 애인하고 그래 데이트하다가 돼지 뼉다귀 커다란 거 앞에 놓고, 없는 고깃살 찾아가면서 눈이 벌게 가지구, 고기 어디 붙었나 눈에 불켜구서 먹는 감자탕이라는 게, 그게 그래 애인하고 먹을 만하냐? 쯔쯧, 넌 음식부터가 영 연애하긴 글렀어.

딸   왜? 엄마 요즘 우아한 데 다니면서 연애하우?

엄 마   엉뚱한 소린.

딸   엄마, 빨리 남자 사귀어서 시집가라니까. 엄마가 내 앞길 딱 가로막고 있으니까 내가 운신을 제대로 못하잖우, 그거 알아요?

엄 마   너 너무 그러지 마라. 나 아픈 데 많아서 정말 오래 못 산다. 나 죽고 나서 울어도 그땐 소용없다.

딸   엄만 건강관리 열심히 하니까 오래오래 살 거유. 그런 걱정은

　　　　하지 마요.

엄마 　애, 너 나이 먹으면 장담 못하는 거다.

딸 　엄마 좋아하는 그 김봉순가 하는 의사가 엄마 구십까지는 산다고 했다며. 그만하면 됐지, 뭘 더 바래요.

엄마 　넌 아주 나 오래 살까봐 걱정이지. 그래, 너무 걱정하지 마라.

딸 　휴, 지겨워. 무슨 놈의 인연이 이렇게 질기게 얽혀서 이 나이 먹도록 지지고 볶으면서 같이 살아야 하는지 몰라.

엄마 　전생에 아마 우린 애인 사이였을 거다.

딸 　웬 애인?

엄마 　이루어질 수 없는 사랑 때문에 괴로워하다가 헤어지지도 못하고, 미워하다가 버리지도 못하고 그러는 사이에 정들고, 거 왜 애증관계라나 뭐 그런 거 있잖냐.

딸 　어이구, 아주 소설을 써요.

엄마 　애 그렇게 웃으니까 얼마나 예쁘니. 아무리 주름 생겨도 웃어야 건강에 좋다 너. 주름 생기면 그 알로에 있잖아, 그거 참 좋드라. 좀 비싸긴 한데 써보니까 주름살에도 좋고 모공 축소에 효과 있드라.

딸 　엄마 나이에 모공 커서 고민이유? 걱정도 팔자고 인생 참 여유 있어. 나는 이놈의 얼굴 들여다보면서 내 모공 크기 때문에 고민 좀 해봤음 좋겠네. 알로에 크림은 또 얼마유?

엄마 　아니, 로션 하나 사면서 샘플을 얻어서 써보니까 그렇다는 거지, 비싼 거 안 사니까 너무 그러지 마라. 무서워서 원 무슨 말을 못하겠다. 그러니 너 가고 나면 꼭 김봉수한테 가야 된다니까.

딸 　으이그.

9. 고백

딸이 흐릿한 어둠 속에서 편지 몇 개를 들고 읽는다.

띄엄띄엄 독백이 이어지고 사이사이에 남자의 편지.

딸은 남 얘기하듯 건조하고 차분하게 가라앉아 있고, 남자는 약간 상기된 목소리다.

딸의 또다른 자아가 열정적인 목소리로 끼어들어 혼란스럽다.

딸　　며칠 전, 그 남잘 만났어요.

남자의 목소리　당신을 만나러 가는 길은 설레임과 흥분으로 가득했습니다.

딸　　우리가 자주 만나던 올드 클락, 뜻밖에도 여전히 그 자리에 있더군요.

남 자　아, 당신을 만나게 되다니요. 언제나 밝게 웃던 당신, 늘 쾌활한 목소리로 이야기하던 당신을 만나러 가는 길에 내가 얼마나 기대에 차고 긴장했었는지, 아마 모를 겁니다.

딸　　등받이가 아주 높고 올드팝이 낮게 흐르고 손님이라곤 거의 없던 그 쓸쓸한 까페를 참 좋아했었지요. 이따금씩 그 집이 그립곤 했었는데, 당신 만난 것만큼이나 반갑더군요. 세상에, 우리가 함께 듣곤 했던 Release me가 흘러나왔지요.

남 자 우리 사이엔 아주 긴 시간이 가로막고 있었지요. 우리가 이십 대이던 날들에 함께 했던 것들이 이제는 모두 사라져 버리고 어느새 사십대에 접어든 생소한 모습의 서로를 발견하게 되었으니까요.

딸 술 한 잔을 하는 동안 당신 눈빛이 문득 간절해졌고 나 또한 순간적으로 감상적인 마음이 일어났죠. 그렇지만, 그 때문에 난 헤어지는 걸 더 재촉해야 했어요.

남 자 우리는 너무나 열정적이어서 서로를 감당할 수 없거나, 아니면 너무나 이성적으로 침착해져서 서로를 무미건조하게 바라볼 뿐이거나, 그 두 가지의 경우가 있을 거라고 예상했었죠.

소 리 난 당신 얼굴을 만졌어요. 그리고 당신은 날 안아주었죠. 아, 당신 대체 어디 있었어요. 그 동안 어디 숨어 있었죠? 대체 우린, 왜 헤어졌던 것일까요. (가느다란 신음소리)

딸 (자르듯) 하여튼, 난 그랬어요. 마음이 좀 산란스러웠고, 그와의 관계가 십 년 전쯤, 혹은 그보다 먼저 이루어졌다면, 하는 생각을 하고 있었어요. 대체 우린, 왜 헤어졌던 것일까요.

소 리 오늘은 당신을 태우고 바다엘 갔어요. 가는 길은 멀었고 도중에 그만 둘까 하고 망설이기도 했어요. 혼자서 되돌아가는 길이 너무 멀까봐서요. 시골길을 한참 달리고 또 비포장도로를 한참 달리고, 그렇게 운전을 하면서 줄곧 당신이 준 음악을 들었어요. 음악은 끝없이 흘러나왔고 난 차가 터지도록 커다랗게 볼륨을 높였죠. 당신이 음악 속에서 내게 말을 걸어왔어요. 난 할 말을 잊었죠. 그저 당신이 보고 싶다는 생각밖에는요.

남 자 나는 짐짓 우리가 이성보다는 열정 쪽이기를 기대하면서도 두려워했었지요. 그러나 그것은 나의 기우였을 뿐, 너무나 차분해지고 조용해진 당신은 낯설어 보일 정도였습니다.

소 리 음악을 들으면서 눈물이 나왔어요. 때때로 나는 행복하고 때때로 나는 슬프고 때때로 당신이 나를 미치게 만든다는 가사 때문에요. 하루 종일 듣고 듣고 또 들었어요. 때때로 나는 행복하고 때때로 나는 슬프고 때때로 나는 당신 때문에 미칠 것 같아요.

딸 그는 약간, 아주 약간, 눈에 띄지 않을 만큼 다리 절었었죠. 내가 처음 그를 만났을 때, 그는 너무나 지적이고 잘난 사람이었어요. 그는 자기 몸에 대해 전혀 개의치 않는 것 같아 보였어요. 다만 그때 난 너무 젊었었죠. 무엇이든 완벽한 것에 대한 갈망을 가지고 있었으니까요. 완벽하지 않은 것은 추한 것이었죠. 그러나 그 또한 나의 무엇인가에 대해 결함을 느꼈겠죠. 내가 그에게 그의 다리에 대해 말하지 않은 것처럼 그 또한 나에게 말한 적이 없으니 그가 나에 대해 느낀 결함이 무엇이었는지는 알 길이 없죠. 자기를 충족시킬 완벽한 짝으로 여기기에는 미흡한 무엇인가가 내게 있었을 것이고, 그가 나를 원망하지 않듯이 나도 그를 원망하진 않아요.

소 리 많이 바쁜가요. 바빠서 날 생각할 겨를도 없는데 난 이렇게 하루 종일 당신 생각만 하고 있는 건가요. 당신은 전혀 아닌데 혼자서만요. 이러다가 어느날 제풀에 지쳐버리겠지요. 기다리기 싫어서가 아니라 부질없는 기다림에서 벗어나기 위해서요. 그렇지만 아직은, 아직은 당신 기다려요. 당신이 전화를 하면 뭐라고 말할까. 모르겠어요. 보고 싶다고 말해야 할까. 웃으면서

농담처럼, 흔들리는 내 마음을 전할까요. 아아, 난 하루 종일 오락가락해요.

남 자 우리는 옛이야기만 나누다가 허무하게 헤어졌습니다. 내게 당신은 많이 달라져 보였지만, 나 또한 당신에게 그렇게 보였겠지요.

소 리 점심 때 누군가 나에게 점심식사를 같이 하자고 청했는데 난 정말 가고 싶지가 않았어요. 당신 아닌 다른 누구와도 이야기를 하고 싶지도 않았고 밥을 먹고 싶지도 않았어요. 나는 속이 안 좋다고 둘러대고 말았지요. 당신은 이런 나를 생각도 안하고 누군가와 맛있게 밥을 먹었나요, 술도 마시구요?

딸 그날 우리는 왜 서로에 대한 참을 수 없는 갈증을 느꼈던 걸까요. 그도 나도, 이 땅에서 그럭저럭 한 자리를 차고 앉은 보수 세력의 구성원으로서 그 나른하고 변화 없는 생활에 무엇인가 사건을 만들고 싶었을까요. 그것이 로맨스든 긴장감이든 일탈이든 무의미든, 아아 우리는 너무나 지루했고 심심했고 할 일이 없었습니다. 물론 우린 숨을 쉴 수 없을 만큼 너무나도 많은 일들에 둘러싸여 있었지만 어떤 의미에서는 정말로 무지 심심했던 것입니다. (긴 사이) 그리고, 갑자기 우린 어색해졌습니다. 마치 모르는 사람처럼 냉랭하게 헤어졌지요. 아주 짧은 목례가, 오갔습니다.

소 리 오늘 날씨는 정말 환상적이에요. 구름이 앞산 봉우리에서부터 서서히 움직이더니 안개가 되었어요. 안개는 지금 내 방 앞까지 와버렸고 이제 창밖은 아무 것도 보이지 않아요. 이런 지독한 안개는 처음 보는 것 같아요. 창을 열면 내 방까지 안개가 들어오겠죠. 그러면 나는 안개에 휩싸여 아무에게도 보이지 않게 숨어버릴 수 있겠죠. 창을 열어 놓았어요. 안개 속으로 지금부터 나는 사라져요. 뒤늦게 당신이 날 찾으러 와도 당신은 나를 찾지 못할 거예요.

남 자 이따금 편지를 나눌 수 있으면 좋겠습니다. 당신이 내게 보낸 편지는 정말 큰 기쁨이었고 나는 오늘처럼 몇 번씩 편지를 다시 쓰면서 잠시 일상에서 벗어날 수 있겠지요. 우리는 마치 옛날 연인들처럼 낭만적인 만남의 방식을 이어갈 수 있을 것입니다.

소 리 정말 미칠 것 같아요. 어쩌다 이렇게 사람의 감각을 은밀하고도 집요하게 자극하는 섬세한 곳에서 살게 되었는지요. 어제보다 더욱더 지독한 안개가 자욱해요. 게다가 물기를 적당히 머금고 있는 바람까지, 후, 숨이 막혀요. 이놈의 안개, 눈물이 날지경이에요.

딸 그 후, 좀 많은 시간이 흐른 뒤에, 그는 나에게 편지를 보냈습니다. 아주 건조한 만남이었지만 가끔씩 편지라도 하고 싶다고. 우린 만나는 것보다는 멀리서 편지나 이따금 주고받기에 어울리는 그런 인간들이었습니다.

소 리 당신은 화요일에 편지를 썼더군요. 내가 피가 마르게 기다리고 있는데 드디어 오늘 당신의 편지를 받았군요. 'dry' 라는 단어가 얼마나 나를 슬프게 하는지, 당신은 모를 거예요. 그 단어는 어떻게 번역되나요. 무미건조한, 아닌가요. 우리의 만남이 무미건조하다니요. '만남' 앞에 붙이는 수식어 치고 그렇게 서글픈 단어는 아마 없을 거예요. '만남은 드라이했고 돌아가는 길은 덤덤했다' 니요. 그런 사람을 두고 나 혼자서만 이렇게 병을 않았군요, 세상에. 우린 이렇게 어긋나기만 하는군요.

남 자 당신의 밝게 웃는 모습을 다시 보게 되었으면 하고 생각합니다.

딸 그렇지만 그도, 그리고 나도, 다시는 서로 연락하지 않았습니다. 그는 어떨지 모르지만, 나는 그날, 또는 그와 함께 했던 이십대의 날들을 이따금 떠올리곤 합니다. 그의 편지처럼, 밝게 웃으며 다시 만날 수 있을까, 생각해 봅니다.

소 리 옛 친구 드림.

딸 그러나 솔직히, 우리 둘 사이에, 무언가가 남아 있는 것 같지는 않습니다. 우린 그날의 낭만적인 분위기에 일시적으로 빠져, 잊혀진 사랑을 다시 만나는 영화 같은 일을 꿈꾸었지만, 지독한 현실을 만날 뿐이었습니다. 결론적으로, 우리에게 진전될 무엇이 남아 있는 것은 아니란 생각이 듭니다. 그의 편지처럼, 우린 그저, 지나간 과거의 사람들, 말 그대로 옛 친구였던 것입니다.

긴 사이.

딸 중요한 건 언제나 너무 늦게 깨닫게 되는 법이지요. 돌이킬 수 없을 만큼 너무 늦은 때.

딸, 움직이지 않고 오래도록 어둠 속에 앉아 있다.

엄마의 전화 목소리 (작은 소리로 들리다가 점점 사라진다) 너 이번 주에도 안 오니? 와서 엄마가 해주는 따슨 밥 한 끼라도 먹고 가지 그

러냐. 엄마가 너한테 심한 소리 하는 거, 별 뜻없이 그러는 건
줄 알면서. 벌써 삼 주째 안 오니, 대체 무슨 일이 있는 거니?

10. 웨딩드레스

딸이 여러 개의 보따리를 들고 등장.

엄마   우리 딸 왔네. 웬 짐을 이렇게 많이 가져왔냐?

딸   아프다면서 좀 괜찮은 거유?

엄마   널 보니까 다 낫는 거 같다. 혼자 있으면 너무 외로워서 말이야.

딸   이 예쁜 엄말 두고 아버지는 왜 그리 빨리 가셨누.

엄마   병 걸려서 오래 있으면 미움 받을까봐 그랬나 싶다. 서로 미워하기 전에 갈려구 말야. 긴 병에 효자 없고 마누라도 없다잖니.

딸   우리 엄마 우울해지기 전에 기쁘게 해줘야지. 자 이거 받아요. 선물이야.

엄마   어머, 이게 내 거야? 정말이냐, 이렇게 큰 게 대체 뭐냐?

딸   작은 거 했다가 혼나면 어떡해. 꽃다발 작은 거 했다가 싸운 거 생각 안 나우?

엄마   또 시작이지. 얘, 근데 이게 대체 뭐니?

딸   풀어 봐요. 좀 특별한 거야.

엄마   얘, 너무 떨린다. 이렇게 큰 건 내 평생에 처음 받아본다.

딸   그 동안 선물도 제대로 못해주고, 미안해요.

엄 마   아니다. 내가 늘 미안하지. 부모노릇도 제대로 못했으면서 짐만 되고 말이야.

딸   (갑자기 연민을 느껴) 엄마, 내 가슴 저 밑에 말이야, 뭔지 모를 게 가라앉아 있어. 크지도 않은 게, 몰라, 그냥 딴딴하고 새카만 작은 돌덩이 같은, 그런 거야. 그놈의 게 저기 내 안에, 내 가슴속 밑바닥 한쪽 구석에 가라앉아 있다가 잊을 만하면 툭 튀어나와. 아무 상관도 없는 그런 상황에서도 그저 툭툭 튀어나와서 날 휘둘러 놓는 거야. 그래서 아무렇지도 않은 일에 언성을 높이기도 하고, 싸우기도 하고, 생떼를 쓰기도 해. 그렇지만 어떻게 그걸 설명할 수 있겠어. 내 안에 있는 돌이 날 그렇게 만든다는 걸, 어떻게 설명할 수 있겠어. 그냥, 그냥 있는 거지. 그러는 새 난 이상한 여자가 돼가는 거구. 학교에서도 아파트에서도, 사람들이랑 부딪치는 게 두려워. 난 그냥 머릴 푹 수그리고 다녀. 차에서 내리려다가두 저기 아는 사람 보이면 못 본 척하고 딴 데 보고 있다가 아무도 없을 때 내리는 거야. 그러구 살고 있어. 아무도 나 아는 사람 없는 데로 갔음 좋겠어. 미안해, 이렇게 말하고 싶은 상황에 내가 놓여있는 걸 알지만, 때는 늦었지. 상처 준 말들은 되돌이킬 수 없어. 엄마한테구 다른 사람들한테구 말이야.

엄 마   새삼스럽게 왜 이러니, 너 같지 않다. 내가 너 낳은 엄만데 서운할 게 뭐가 있니. 내 뱃속에서 나온 내 딸인데.

딸   하여튼 미안해. 참, 빨리 열어봐요.

엄 마   그래, 이게 뭐니? 어머? 이게 웬 드레스야?

딸   맘에 들어? 입어봐요.

엄 마   이걸 나 입으라구? 니 거 아니냐? 너 결혼할 사람 있어? 그래서 이렇게 준비한 거냐?

딸   아니, 이거 엄마 거야. 엄마, 입고 시집가라구.

엄 마   뭐? 그게 무슨 소리야.

딸   엄마, 그 스포츠댄스 아저씨랑 계속 만났지? 퇴직교사라는 분 말야.

엄 마   뭐야? 아냐, 너 근데 그건 어떻게 알았어? 우리 그런 사이 아니다. 그냥 몇 번 산책이나 요 앞에 공원에서 그냥.

딸   우연히 엄마 전화하는 소리 들었어. 청혼 받은 거, 축하해요. 엄마, 나랑 사는 거 우울할 때 많았을 거야. 딸년이라구 성질이나 부리고 돈도 조금 주고 잔소리에. 이거 입으면 우리 엄마 진짜 예쁠 거야. 아버지랑 결혼할 때도 이런 거 못 입어 봤잖우. 이번엔 이거 입고 신식으로 해요.

엄 마   미안하다. 내가 주책이지. 그냥 몇 번 만나기만 했어. 별 사인 아니다.

딸   뭘 그렇게 감춰요. 내가 엄마 일기장도 다 훔쳐봤는데. 엄마 노인대학에서 컴퓨터 배워서 일기 썼잖아.

엄 마   니가 그걸 어떻게 봤니?

딸   엄마가 저장해 났으니까 봤지. 파일 이름을 '일기', 이렇게 했잖우.

엄 마   일기니까 일기라구 하지.

딸   다음부턴 그렇게 남들이 다 알게 하지 말고 영 판판인 이름을 붙이라구. 하여튼 옷이나 입어봐요.

엄 마   아니다, 이런 옷을 어떻게 입어. 너도 못 입어본 옷을.

딸   이거, 내가 만든 거야. 엄마 위한 특별선물.

엄 마   일 다시 시작했구나. 정말 잘했다.

딸   이제부터 의상 디자인 다시 할 거예요.

엄 마   잘 생각했어. 디자이너, 얼마나 멋있니. 넌 최고가 될 거야. 넌 훌륭한 내 딸이다. 언제나 날 기쁘게 해줬어. 네가 늘 자랑스러웠다. 넌 세상에서 제일 유명한 디자이너가 될 거야. 니가 만드는 옷이 명품이 돼서 세상 사람들이 니 옷을 입으려고 줄을 설 날이 올 거다. 버버리, 입생 로랑, 루이비똥, 크리스찬 디올, 아그리고 앙드레 김. 정말 멋지다. 넌 최고가 될 거야. 백화점에서 제일 좋은 코너에서 니가 만든 옷을 팔 거야. 모델들이 니 옷을 입고, 패션쇼를 하는 거야. 그럼 난 늘 받기만 했지만 진짜 너한테 근사한 꽃다발을 들고 갈게. 그때도 나한테 품위 있는 옷 한 벌은 해 줘야 된다. 디자이너의 엄마니까 말이야. 아, 꿈을 꾸는 것 같다. 그런 날 꼭 오겠지?

딸   엄만 참 상상력도 풍부해. 하여튼 듣기는 좋아. 근데, 그 동안 엄마한테 숨긴 게 있어.

엄 마   그게 뭔데?

딸   나, 엄마가 생각하는 것처럼 교수가 아니었어.

엄 마   뭐라구? 그게 무슨 소리야?

딸   엄말 속이려는 건 아니었어. 난 분명히 말했지. '겸임교수' 라구.

엄 마   분명히 교수자가 붙었는데, 그게 교수 아니냐? 교수에도 급수가 있다며. 조교수 부교수 그런 거 있으니까 그런 급수 이름인 줄 알았지. 아니냐?

딸 그렇긴 한데 정식교수랑은 좀 달라요. 그래서 엄마한테 마음은 있어도 경제적으로 넉넉하게 해드리지 못했어. 이번에 마지막 기회가 있어서 노력을 했는데, 안 됐어. 엊그제 최종적으로 결판이 났어요. 그래서 그 동안 못 왔어요.

엄 마 다 내 죄다. 엄마가 뒷바라지 못해 주고 유학도 못 보내고 그래서 그렇지. 우리 딸이 부족해서 그런 건 절대 아니다. 너 용기 잃지 마라.

딸 이번에 결과 기다리면서 엄마 생각이 많이 났어. 엄마한테 정말 잊을 수 없는 선물을 하고 싶었거든. 엄마 드레스 하면서, 이 일이 내 일이라는 걸 새삼 알게 됐어.

엄 마 잘됐구나.

딸 말 나온 김에 다 말할게. 나 이번에 외국 나가요. 오랫동안, 그래 아마 십 년도 넘었을 거야. 정말 의상 디자인 본격적으로 배우고 싶었거든.

엄 마 나 때문에 너 하고 싶은 거 못한 거 알어. 나 혼자 두고 못 가는 거, 알고 있었어. 근데 너 이참에 나 도매금으로 넘겨 버리려는 거냐? 니 속셈 훤하다, 아주. 나한테 이쁜 옷 한 벌 해주구서 가 버리려는 거지?

딸 바로 그거야 엄마. 눈치 하난 빨라. 하여튼 나 엄마 결혼하는 대로 떠나요. 엄마가 혼자가 아니라 정말 안심이야.

엄 마 난 죄스러운 느낌이 들어. 한 남자랑 결혼해서 살다가 어느 한 쪽이 가면 그 사람 생각하면서 남은 세월 사는 게, 그게 결혼이라는 거 아니냐.

딸 엄마, 첨단의 유행을 따르는 분께서 웬 고리타분? 엄마가 행복하면 아버지도 기쁘실 거야. 오늘 이거 입고 우리 파티할까? 아니, 안 되지. 이건 중요한 날 입을 거니까 함부로 입으면 안 되지. 근데 엄마, 아직도 안 입었네. 여태 뭐했수? 빨리 입어봐요.

엄마 이렇게 고운 옷을 내가 어떻게 입니? 니가 먼저 입어야지.

딸이 엄마를 방으로 밀어 넣으면 잠시 후 옷을 입고 나온다. 관객의 함성. 오색 가루가 무대에 날리고 딸은 엄마를 붙들고 결혼행진을 한다. 결혼행진곡 경쾌하게 울려 퍼지고 엄마, 울다가 웃다가 한다.

11. 다시 그 자리

지친 표정의 두 사람.

소주를 마시고 있다.

딸   엄마, 한잔 받아요.

엄 마   (넋이 빠진 듯 말이 없다)

딸   엄마, 잔 받으래니까.

엄 마   너 오기 전에 잠깐 잠이 들었는데, 정말 희한한 꿈 꿨다.

딸   뭔 꿈? 내가 시집이라두 갔수?

엄 마   아니. 내가 가드라.

딸   꿈에서도 그저. 아니, 나이 먹은 딸년 두고 그래 발길이 떨어집 디까?

엄 마   니가 나 입으라고 웨딩드레스를 만들어다 주는 거야. 참 이쁘 드라. 넌 유학 간다구 하드라.

딸   엄마는 시집 가구 난 유학 가구, 좋네. 좋아. 꿈에 뭘들 못하겠 수.

엄 마   근데, 그게 그래 꿈이네.

딸   그만 꿈 깨요.

엄마　너, 이번엔 진짜 되는 거냐?

딸　모르지. 서류를 어디 한두 번 내나. 이게 마지막이야. 이번에 안 되면 그만둘 거야. 나이 마흔에 포기란 것두 알아야지. 자기 자리 아닌 거 자꾸 넘보면, 그것도 보기 싫잖우.

엄마　엄마가 딴 건 몰라두 내일부터 새벽기도랑 금식기도랑 할게. 너 될 때까지 내가 하나님 아버지한테 매달릴 거다. 이번에 내 기도 안 들어주시면 교회구 뭐구 다 때려칠 거다.

딸　엄마, 권사 맞우?

엄마　권사가 다 뭔 소용이냐. 우리 딸 하나 편히 살게 못하고 교횐 뭣하러 다니구 기도는 뭣하러 해. 그렇게 하나님 의지하고 울고불고 매달렸어야 우리 딸 취직 하나 못 시키고. 그런 하나님이 다 무슨 소용이냐. 내 아주 이번엔 하나님이랑 담판을 질 거다. 내 딸 눈에서 또 눈물 빼면 내가 하나님 앞에 가서 아주 자리 깔고 누울 거야. 빚쟁이처럼 말이다.

딸　그만해요. 눈물 나네. 근데 그 퇴직교사 영감님은 여태 만나는 거유?

엄마　퇴직교사? 음, 그게 누구시더라?

딸　엄마랑 스포츠댄스 추던 분 말이야. 엄마 데이트 좀 했잖우.

엄마　아, 그분? 그분께선 요 앞에 아파트 경비시드라. 돈도 없고, 부인은 있고, 애들은 많고, 병들어서 남이 신체검사 대신 해줘서 경비나마 하는, 그냥 그런 남자란다.

딸　엄마, 속은 거유?

엄마　속았나, 내가. 그래, 어쩌면 속고 싶었는지도 모르지. 하기사 나랑 아무 사이도 아닌데 교사면 어떻구 경비면 어떠니? 어차피 나랑 아무 사이도 아닌데, 무슨 상관 있어. 손잡고 춤 한 번 췄다고 세상이 달라지냐? 얘, 이런 얘긴 고만하자. 노래나 부를까, 우리?

딸　엄마, 비목 불러봐. 자, 한 잔 받으시고, 목청을 가다듬고.

엄 마　그래, 인제는 내가 아무리 틀려도 괜찮은 거지? 음정이구 박자구 내 맘대로 불러두, 아무도 나더러 뭐라고 안 하는 거지? 이 세상에 오직 한 사람, 내가 사랑하는 우리 딸 위해서 엄마가 한 번 부를게. 슬픈 노랜 부르지 말아야 하는데…….

엄마가 틀린 음정으로 비목을 부르고 딸이 낮은 소리로 따라 부르면서 쓸쓸한 무대에 어둠이 잦아든다.

― 1998년 작.

그녀에 관한 보고서

은수
은성 : 은수의 언니
선우 : 은수의 친구

무 대 ——————————————

책상과 탁자, 의자들이 적당히 놓여
있다.
장소의 이동에 상관없이 사용될 수 있는
건조한 무대.

1

선 우 내가 그애와 처음 만난 건 우리들이 아주 어릴 때였습니다. 중학교 3학년 때였으니까, 어쩌면 아주 어릴 때는 아닌지도 모르겠습니다. 우리들은 같은 반이었고 난 반장을 그애는 부반장을 했지요. 난 성격이 활발했고 그애는 차분했어요. 내가 크게 내놓을 것도 없으면서 겉으로만 부산스러웠던 반면에 그애는 당시의 내 눈으로도 샘이 날 만큼 많은 걸 가슴에 담고 있는 그런 아이였습니다.

아무 것도 못할 것처럼 얌전하게 앉아 있었지만 그애는 사실 못하는 게 없었습니다. 체육시간에 매달리기를 할 때면 난 철봉만 잡았다가 그대로 떨어지곤 했고 그애는 30초를 다 채우고야 사뿐히 내려왔습니다. 수업시간에 어려운 질문 앞에서 내가 머뭇거릴 때 그애는 조용히 가라앉은 목소리로 대답했습니다. 그렇지만 그애가 내가 마음 상하지 않도록 조심스런 목소리로 말하고 있다는 걸 난 알 수 있었습니다. 미술 시간에 우리들이 난초랍시고 잡초를 그려대고 있을 때 그애의 날렵한 난초그림은 선생님의 손에 들리워져서 우리들의 탄성을 자아내고 있었습니다. 처음 배우는 노래를 우리가 음정이 틀려가며 부르고 있을 때 그애는 앞에 나가서 예쁜 목소리로 그 노래를 부르고 있었습니다. 게다가 문예반 반장이랍시고 시화전 준비에 바쁘게 뛰어다니던 내가 정작 출품조차 하지 못했을 때 그애는 최우수상을 타버렸던 겁니다.

결국 난 도저히 그애를 따라갈 수 없다는 걸 깨달았고 그것은 내 자존심을 한없이 망가뜨리고 있었습니다. 그러나 더욱 나를 괴롭힌 사실은 아무리 그애를 미워하려고 해도 그애는 아무 흠잡을 게 없는 그야말로 완벽한 사람이라는 점이었습니다. 그애가 얼굴이 못생겼다거나 마음씨가 나쁘다거나 이기적으로 자기 일에만 열심이라거나, 하다못해 얼굴에 큼직한 점이라도 하나 있었으면 우리들은 모여서 그애를 흉볼 수도 있고, 그러다 보면 마음도 좀 누그러졌을 텐데 도저히 그애에게선 어떤 빈틈도 발견할 수가 없었던 것입니다. 전 한없는 열등감 때문에 괴로웠고 그애가 전교 일등을 한 번도 놓치지 않고 있는 동안 일년 내내 그애 밑에서 버둥대고 있어야 하는 게 몹시 속상했습니다.

그러다가 드디어 우리들 사이의 껄끄러운 감정이 말끔하게 사라져 버리는 일이 일어났습니다. 어느 일요일, 난 시험공부를 하러 학교에 갔지요. 머리를 두 갈래로 얌전하게 땋은 그애가 햇빛이 드는 창가 쪽 자리에 단정하게 앉아서 공부를 하고 있었습니다. 그 모습이 얼마나 완벽하게 아름답게 보였는지요. 전 그 순간 숨도 쉬지 못하고 넋을 잃고 그애를 바라보았죠. 내가 책상 움직이는 소리라도 내게 될까 봐. 그래서 그애가 그 소리에 움직이게 되고 그 순간이 깨어질까 봐, 난 꼼짝 않고 서 있었던 겁니다.

한참 후에 그앤 나를 보고 보일 듯 말 듯 작은 미소를 지어 보인 후 칠판 앞으로 갔습니다. 그리곤 시를 한 수 외워 쓰는 것이었습니다.

은 수 (머리를 땋은 여학생 은수가 한용운의 시 '사랑하는 까닭'을 읊는다)

내가 당신을 사랑하는 것은 까닭이 없는 것이 아닙니다.

다른 사람들은 나의 홍안만을 사랑하지마는

당신은 나의 백발도 사랑하는 까닭입니다

내가 당신을 그리워하는 것은 까닭이 없는 것이 아닙니다

다른 사람들은 나의 미소만을 사랑하지마는

당신은 나의 눈물도 사랑하는 까닭입니다

내가 당신을 기다리는 것은 까닭이 없는 것이 아닙니다

다른 사람들은 나의 건강만을 사랑하지마는

당신은 나의 죽음도 사랑하는 까닭입니다

은 수 선우야. 너 이 시 아니?

선 우 (어린 시절에 취한 듯) 아니, 몰라.

은 수 내가 좋아하는 시야.

선 우 난 시라곤 기껏 교과서에 나오는 몇 편밖에 본 적이 없었는데 그애가 들려준 시는 너무 아름답다고 생각되었습니다. 충격을 받았지요. 하나는 그애가 외우는 시가 내용이 너무 좋아서이고

또 하나는 그애가 시를 외는 모습이 너무 아름다워서였지요.
우리는 그냥 자리에 앉아 시험공부를 했고 더 이상 아무 이야
기도 하지 않았습니다. 그러나 나는 내 마음속에 이상한 마음
의 변화가 일어난 걸 느낄 수 있었습니다. 그것은 그애에 대한
은은한 사랑이었습니다.

2

선 우　난 대학에서 국문과를 택하게 되었습니다. 별 신나는 일도 없고 그럴듯한 연애도 하지 못한 채 그럭저럭 시간이 가고 있을 때 교지에서 우연히 멋진 소설을 읽게 되었습니다. 그런데 이름을 본 순간 난 깜짝 놀라고 말았습니다. 그건 바로 한참 동안 잊고 지냈던 은수의 작품이었던 것입니다.

　　　　　의대에 진학해서 의사가 되겠다고 했던 그애였기에, 그리고 고등학교에 가서도 계속 수석을 놓치지 않고 있다는 소문을 듣고 있었기에 난 일류대학도 아닌, 내가 다니는 학교에 그애가 다니고 있을 줄은 꿈에도 몰랐던 것이죠.

은 수　시험에서 실수를 했어. 재수를 할까 하다가 여기서 장학금을 준다기에 오긴 왔는데 계속 다녀야 할지 어떻게 해야 할지 고민 중이야.

선 우　간신히 턱걸이해서 들어온 내 앞에서 그애는 4년간 등록금 전액 면제에 대학원까지 장학금을 받는다고 했습니다. 하지만 그건 문제가 아니었습니다. 국문과에 다니면서 글 한 줄 쓰지 못

하는 내게 그애가 이과생이면서도 그렇게 근사한 소설을 발표
했다는 사실이 저를 그야말로 주눅들게 하고 말았던 것입니다.
전 반가웠지만 한편으론 또 다시 고통스러워했습니다.

그애는 함께 재수를 하자고 했습니다. 전 수학책을 일주일도
못 버티고 집어치워 버렸지만 그애는 다시 해내고야 말았습니
다. 그애는 우리나라에서 제일 좋은 의대에 진학해 버린 것이
었습니다. 난 그애와의 사이에 건널 수 없는 갭이 점점 깊게 파
이는 걸 느꼈습니다. 그애와 나는 딴 세상에 속해 있는, 도저히
같아질 수 없는 사람으로만 느껴졌습니다.

은 수   교수님들이 서운해 하셨어.

선 우   우수한 학생이 나가게 되니까 당연하지.

은 수   막상 되고 나니까 떠나기 싫다.

선 우   나라면 얼른 가버리겠다.

은 수   사실은 이 학교에 사귀는 사람 있거든.

선 우   정말?

은 수   응, 같은 과 선밴데 이번에 졸업해.

선 우   그새 그렇게 연애도 하고, 너 정말 놀랍다. 공부하면서 언제 연
애는 그렇게 했어?

은 수   입학하고 바로야. 실험실에서 실험에 열중해 있는 모습을 보고
내가 완전히 반해 버렸어. 학년은 다르지만 함께 실험할 기회
가 있었거든. 워낙 내가 아무 것도 모르니까 그렇기도 했겠지
만 그 정확한 손놀림이며 빛나는 눈빛이며, 난 첫눈에 완전히
빠져 버렸다니까.

선 우 너 사랑도 공부하듯 열심이구나. 그래서 어떻게 됐어?

은 수 함께 차 마시고, 밥 먹고, 영화도 보고 공부도 함께 하고, 남산 도서관 긴 층계에서 가위 바위 보 하면서 함께 올라가고 함께 내려오고. 날마다 편지 쓰고 우산도 같이 쓰고, 다방 문 닫을 때까지 함께 앉아 있고, 그런 거지 뭐.

선 우 어머, 보고 싶다. 어떻게 생겼니? 잘생겼어? 키도 크고?

은 수 글쎄.

선 우 일년 동안 정말 여러 가지 했구나.

은 수 무엇보다 그 선배 만나게 된 게 제일 중요한 일이지. 난 처음에 왜 내가 생각지도 않았던 이 학교에 오게 되고 이 학과를 선택했는지, 모든 게 이상했어. 하지만 이젠 분명하지. 내가 이 학교에 온 건 단 한 가지 이유였어. 바로 그 선밸 만나러 왔던 거야.

선 우 그렇게 좋으니?

은 수 지금까지 살아온 일 중에서 선배랑 함께 있다는 게 가장 기쁘고 즐거워. 아니, 다른 어떤 일과도, 누구와도 비교할 수가 없어. 선배가 없다면 하고 생각하면 끔찍해.

선 우 그래서 떠나기가 싫은 거구나.

은 수 그래. 하지만 실은 그 사람도 곧 여길 떠나.

선 우 졸업이니까.

은 수 그렇기도 하구. 유학 가게 돼.

선 우 부잔가 보구나. 그리고 우리 학교 나와 가지고는 명문대학 유학 어렵잖아.

은 수 외아들이고 하니까 집에서도 원하는 건 다 해주려고 하는가 봐. 그리고 괜찮은 대학에 가기로 결정됐어.

선우 그럼 어떻게 되는 거니?

은수 헤어지게 되겠지. 그렇지만 잠시 헤어지는 것도 좋다구 생각해. 왜냐면 내가 선배 때문에 너무 내 생활이 없구 선배만 쳐다보고 산 느낌이 들거든. 헤어져 있는 동안 나를 좀 찾고 공부에도 전념하고 그럴려고 해.

선우 언제 떠나는데?

은수 졸업 전에 미리 갈 것 같아. 아마 며칠 내로.

선우 그렇게 빨리?

은수 너 내일 만나자. 우리 내일 만나서 편지정리 하기로 했거든. 그동안 서로 보낸 편지를 정리하고 복사해서 똑같이 나누어 갖는 거야. 그리울 때 읽으면서 서로 생각하려구.

3

선 우   그애를 다시 만난 건 거리에 낙엽이 지고 있는 지독하게 쓸쓸한 어느 가을이었습니다. 난 졸업반이었고 그날도 수업을 마치고 돌아가는 길이었지요. 처음엔 너무나 초췌해진 그애를 알아보지 못하고 지나쳤습니다.

선 우   (뒤돌아서서) 혹시 은수?
은 수   (무심한 눈빛으로 돌아본다)
선 우   은수 맞구나. 학교엔 웬일이야? 정말 오랜만이다.

카페, 야위고 초라한 모습의 은수와 선우가 함께 앉는다.

선 우   어디 아프니? 안색이 안 좋다.
은 수   나 내일 미국 가.
선 우   갑자기 미국은 왜? 아직 학기중이잖아?
은 수   선배가 없으면 내 일을 열심히 하게 될 줄 알았는데 그게 아니었어. 아무 것도 집중이 되지 않고 너무 공부가 안 돼서. 학교도 휴학했어. 올 겨울 방학까지만이라도 참아보려고 했는데 도저히 안 될 것 같아서 그냥 가려고 해. 그래서 서류 좀 하나 떼러 왔어.

선 우 다른 준비는 다 되구?

은 수 그 동안 아버지도 돌아가시구 상황이 많이 안 좋아. 비행기표 살 돈만 있었으면 아마 진작에 갔을 거야. 일주일 내내 저녁마다 아르바이트를 해도 도저히 돈을 모을 수가 없었어. 언니랑 내가 아르바이트해서 생활을 했거든.

선 우 어머니는?

은 수 엄마는 도저히 아무 것도 하실 수가 없나 봐. 우리만 바라보고 계시고 언니하고 나하고 버는 걸로 간신히 사는데 좀 힘들어. 언니하고 나 대학 등록금에 동생들 둘이 고등학교 다니지. 다섯 식구 생활해야지. 언니랑 나는 어느새 돈 때문에 싸우게 됐어. 요즘은 아주 심해. 우리는 누가 더 많이 내는지를 놓고 신경전을 벌이지. 날마다 그래. 이제는 도저히 견딜 수가 없어.

은수, 피로하고 지친 모습으로 들어온다.

은 성 너 오늘 월급 받았니? 내일 막내 등록금 꼭 내야 한다던데. 며칠째 교무실에 불려갔었나 봐.

은 수 못 받았어. 아줌마가 외출하고 없었어.

은 성 넌 왜 그 모양이니? 지난주에 받아야 할 걸 왜 그렇게 미루게 두는 거야?

은 수 그럼 어떡해. 들어가서부터 나올 때까지 만나지 못했는걸. 기다려서 받아왔어야 한다는 거야?

은 성 그렇게라도 해야지. 니가 가르치는 게 어떻길래 그 여자 사람을 그렇게 우습게 보니? 전화라도 미리 하던가 해서 오늘 꼭 가져와야지. 막내가 학교에서 괴로운 모양인데. 조금만 신경쓰면 할 수 있는 일을 왜 그렇게 처리를 제대로 못하니?

은 수 그만 좀 해. 피곤하고 배고프고 죽겠어.

은 성 이번 주는 그 집 이제 안 가잖아. 다음 주에나 받게 될 테니 어떻게 해.

은 수 내일 서초동 집에 가서 며칠 당겨서 미리 달라고 해 볼게.

은 성 넌 항상 말뿐이야. 난 벌써 이번 달 내가 내놓을 것 다 내놓고도 십만 원이나 초과했어. 넌 네가 내야 할 몫도 다 못했잖아.

은 수 알았어. 알았으니 제발 그만해. 그러니 내일 어떻게 해 보겠다고 하지 않아.

은 성 그리고 또 내일 저녁엔 변명이겠지.

은 수 (발칵 화를 내며) 언니는 도대체 왜 그렇게 날 괴롭혀.

은 성 그럼 어떡하니? 엄만 저렇게 우리만 바라보고 계시고 살림은 해야 하고 동생들은 가르쳐야 하고. 도대체 우리가 이렇게라도 해야만 살 수 있다는 걸 잘 알면서 왜 그래.

은 수 오늘 이 집은 당장이라도 그만두고 싶어. 내게 주는 돈 같은 건 아이들 양말짝 정도나 살 수 있을 만큼 부자이면서도 꼭 돈 주는 날이면 날 비참하게 만들어. 날마다 백화점에 가서 미친 듯이 돈을 쓰고 길에 돈을 뿌리고 다니면서 왜 그 작은 돈에 그렇게 인색한지 몰라. 그 집에서 뒤돌아 나올 때면 죽고 싶을 만큼 비참하다구.

은 성 그렇게 감상에 빠지지 마. 그런 건 다 필요 없는 사치성 감정이

라구. 그 사람들 돈 있고 공부 못하는 애들 우리가 이용하는 것
뿐이야. 우린 그런 집들 때문에 이렇게 죽지 않고 먹고 사는 거
라구. 그 사람들, 물질로 우리 위에 서고 싶어하지만 우린 돈으
로 살 수 없는 걸 가졌잖아. 절대로 주눅들지 마.

은 수 내가 현관문을 나서자마자 문을 쾅 닫으면서 찰칵하고 잠그는
소리가 날 때면 다시는 이따위 집에는 오고 싶지도 않고 다시
는 오지 않을 거라구 맘 속으로 맹세하지만, 또다시 가야만 하
지. 그리곤 그 거만한 얼굴 앞에 겸손하고 공손한 미소를 띠고
인사를 해야 하지. 점점 좋아지고 있어요 하면서 아이를 칭찬
해 주지. 전혀 나아지고 있지 않은 엉터리 같은 놈을 말이야.

은 성 그래. 그런 건 나도 마찬가지야. 지난 번 내가 갔던 집 애는 엄
마한테 욕을 하면서 의자를 집어던지드라. 하기야 나 같아도
그런 여자를 엄마라고 존경할 맘은 없겠드라. 그 속물 같은 여
자가 자기 아들에게 당하는 걸 내가 본 후로는 과외를 끊어버
리드라니까. 창피해서 그렇겠지 뭐. 그러면서 말로는 성적이
오르지 않아서 그런다나. 월급 줄 때가 거의 돼 가는데도 월급
은 생략하고 미제 콤펙트 하나를 주는 거 있지. 하여튼 있는 사
람들이 더 무섭다니까. 지금 생각하면 나도 참 바보지. 월급이
나 받아가지고 오는 건데 말이야.

은 수 언니도 그런 적이 있었어? 난 언니는 뭐든 완벽하게 해내는 줄
알았지.

은 성 진짜 웃기는 얘기 해줄까. 어느 부잣집을 갔더니 두 명이 같이
앉아 있는 거야. 그 알뜰한 사모님 말씀이 '얜 동생인데요. 내
년에 배울 것 좀 옆에서 구경해도 되겠지요. 수업에 방해는 안

할게요' 하는 거야. 기가 막혀서. 그러니까 일인분으로 둘을 시키겠다 이 말씀이지.

은 수 그래서 어떻게 했어?

은 성 그런 얌체 같은 여자하고는 상대도 하기 싫어서 그렇게는 못한다고 했어. 그랬더니 그럼 교습비를 좀 깎아주면 두 아이를 장기적으로 시키겠대. 비싸면 한두 달밖에 못 시키고 그것도 애들 앞에서 그러는 거야. 과외비를 놓고 시장에서 반찬거리 깎듯이 흥정을 하자는 거야. 더러워서 그만둬 버렸지.

은 수 그랬구나. 그런데 엄마는 아기 보는 일 어떻게 됐어?

은 성 오늘 어떤 여선생이 왔었다는데 환경이 안 좋다고 그냥 갔다나 봐.

은 수 엄만 지난 번에도 공장에 일주일 다니고 쓰러지셨잖아. 그런 일 하기엔 몸이 너무 안 좋아. 며칠 번 것보다 병원비가 훨씬 더 들어갔잖아.

은 성 그러니까 우리가 좀 힘들어도 과외하는 것밖에는 다른 방법이 없어.

은 수 무엇보다 일주일 내내 과외를 하니까 공부할 시간이 너무 부족해. 요즘은 자꾸 공부가 자신이 없어.

은 성 니가 공부에 힘들다고 하면 어떻게 해. 넌 머리가 있으니까 좀 힘들어도 학교에서 열심히 해. 벌써 열두 시가 넘었네. 빨리 공부하자. 다음 주부터는 시험기간이잖아.

은 수 하긴 해야지. 언니, 그런데 나 할말이 있어.

은 성 뭔데?

은 수 오랫동안 생각했던 건데. 나 미국 가려고 해.

은 성 미국이라니?

은 수 그 사람 때문에.

은 성 너 제정신이니? 너 미친 거 아니야?

은 수 화낼 줄 알았어. 하지만 내 얘길 좀 들어줘.

은 성 너 미쳤구나. 그렇지 않고서야 어떻게 그런 말이 나올 수가 있어? 지금 그러지 않아도 복잡해서 내 머리가 터질 지경인데, 너 어떻게 그렇게 허무맹랑한 소리를 할 수 있니? 그 남자가 그렇게 중요하니? 네 인생보다두, 우리 모두의 삶보다두, 그런 거니? 너, 남자에 미친년이다. 남자에 미친년이야. 그 남자가 세상에 그렇게 중요하니? 지금 이 상황에서 어떻게 그런 말이 나올 수가 있어? 너 이제 겨우 예과 2학년이야. 정신 차려. 벌써 그렇게 남자에 미쳐 버렸단 말이야? 너 그 남자랑 도대체 어떤 사이야? 너 그 남자랑 잤니? 벌써 볼장 다 본 사이야?

은 수 언닌 그렇게 심하게…….

은 성 심해? 내가? 너 벌써 그렇게 남자에 미칠 정도로 섹스에 재미붙였니? 요즘 젊은애들 대낮에 여관 드나들면서 사랑하네 어쩌네 한다더니 아, 바로 너 같은 애들이구나. 놀랍다. 난 니가 그렇게 바닥까지 타락해 버릴 줄은 정말 꿈에도 몰랐다.

은 수 언니야말로 제정신이 아닌 거 같애. 왜 그렇게 비약하고 난리야. 난 단지 그 사람이 그립고 보고 싶을 뿐이야. 우린 순결한 사이야. 언니식으로 생각하지 마. 보고 싶어서 견딜 수가 없어. 단지 그뿐이야.

은 성 그래? 그렇다면 왜 그렇게 보고 싶은데? 설사 그렇다 쳐도 난 니가 그렇게 이성을 잃고 사랑에 빠지는 걸 도대체 이해할 수가 없어. 내 상식으로 사랑은 그런 게 아니야. 서로 헤어져 있어도 함께 있는 거구, 서로의 미래와 인생을 소중히 여기고 염려해 줄 수 있는 게 사랑이야.

은 수 그런 생각 안 해본 것도 아니고 참으려고 노력도 했어. 그렇지만 도저히 안 되는 걸 어떡해. 공부도 아르바이트도 학교생활도 가족도 아무 것도 의미가 없고 아무 것도 내게 기쁨이 되지 못해. 난 살아있다고 할 수가 없어. 난 공중에 그저 떠다니고 있는 것 같은 느낌이야.

은 성 그럼 니가 여길 떠나버리고 난 후의 일들, 생각해 봤어? 네 인생은 네 몫이라고 치고 우리들의 생활에 대해서 생각해 봤냐구?

은 수 언니에겐 미안해. 언니가 더 힘들어지겠지. 그렇지만 아무리 생각해도 더 이상 어쩔 수가 없어. 지금까지 참은 거야. 많이. 그리고 오랫동안.

은 성 (기가 막힌 듯) 난 니가 그렇게 이기적일 수 있다는 게 놀랍고 부럽다. 난 항상 엄마 생각해서 모든 걸 양보해 왔는데, 넌 너 자신 이외의 사람을 위해서는 아무 것도 양보하지 않는구나.

은 수 언닌 늘 엄마를 많이 생각했지.

은 성 난 중학교를 수석으로 마치고도 인문계 고등학교를 가지 못했어. 상업학교를 졸업해서 돈을 빨리 벌기 위해서였지. 상업학교에선 아무리 다른 과목을 잘해도 난 성적이 좋지 않았어. 소위 취업과 관계된 과목들에 도저히 취미를 가질 수가 없었고 그 과목들을 못하는 한 학교에서 좋은 성적은 불가능했어. 좋은 데 취직하는 것도 그랬지. 회사를 다니면서도 늘 불행하게 생각됐고 그래서 야간대학엘 갔지. 난 버스비를 아끼려고 한밤

중에도 서너 정거장은 수없이 걸어다녔어. 그래, 고등학교 졸업 후 지금까지 난 항상 돈을 벌었어. 그렇지만 한 푼도 날 위해 자유롭게 쓰지 못했어. 항상 엄마를, 그리고 너희들을 먼저 생각했어.

은 수 알아.

은 성 알아? 알면, 알면 니가 지금 그렇게 이기적으로 할 수가 있니? 니가 졸업해서 하루 빨리 의사가 되기만을 목을 빼고 기다리고 있는 우리 가족들 생각하면 이럴 수가 있는 거냐구.

은 수 다 알아. 그래서 오랫동안 참으려고, 날 자제하려고 애썼어. 그렇지만 소용없어. 난 이 부분에서만은 내가 통제가 안 돼. 이대로 더 있으면 미쳐버릴 거 같아.

은 성 조금도 양보할 생각이 없단 말이지. 그래, 넌 너 이외의 사람에겐 아무런 관심이 없으니까. 지금까지 항상 그랬지.

은 수 나도 요즘은 날 이해할 수가 없어. 나도 내가 아닌 것 같아. 다른 누군가가 내 속에 들어와서 날 움직이는 거 같애. 하여튼 난 그 움직임에 거부할 수가 없어.

은 성 (멸시의 표정) 미친 년.

은 수 아무리 해도 비행기표를 마련할 수가 없어서 며칠 전에는 그 사람 집에까지 갔었어.

선 우 전에 인사한 적 있니?

은 수 아니, 그냥 갔어. 그리곤 내가 미국으로 가려고 한다고 말했지.

선 우 그랬더니?

은 수 그 어머니 펄쩍 뛰시더군. 아들 공부하는데 절대 방해하지 말라고 말이야. 그러면서 나를 출세할 아들 다리나 붙잡는 여자

정도로 여기는 거야.

선 우 　그 사람이 집에 네 이야기를 전혀 안 했던 거야?

은 수 　글쎄, 워낙 말이 별로 없는 사람인데다, 자기 부모를 그다지 좋아하지 않았거든. 땅값 올라서 갑자기 부자된 사람들 있잖아. 그런 사람들이야. 미국 가기 전에 한 번 만나 뵙자고 해도 자꾸만 미루더니. 부끄러웠나 봐. 그분들 나에 대해서는 아무 것도 묻지 않으시드라. 나에 대해서는 아무 관심도 없었어. 아버님이 뭘 하시느냐로 시작해서 돌아가셨다고 하니까 그걸로 그만 끝이었어. 그래서 비행기표 이야기는 말도 못 꺼내고 쫓겨나다시피 했지.

선 우 　그럼 어떻게 가니?

은 수 　예전에 아버지하고 친하게 지내시던 친구분한테 가서 급한 일이 있다고 하면서 빌려달라고 했어. 그래서 비행기표를 사고 반지도 두 개 샀다.

선 우 　반지는 왜?

은 수 　가서 결혼하려고.

선 우 　둘이서?

은 수 　둘이면 충분하지 뭐.

선 우 　그럼 너 학교는 어떻게 되는 거야?

은 수 　당분간 생각이 없어. 일단 가서 생각해 볼래. 지금은 아무 것도 생각하고 싶지가 않아.

선 우 　그래, 행복해라.

은 수 　(처음 웃는다)

선 우   얼마 후 난 그 행복한 부부의 사진을 받을 수가 있었습니다. 교
회에서 둘이 결혼을 하고 작은 아파트에서 새 살림을 차리고
신혼부부가 되어 달콤하게 살게 된 거죠. 그리고 내가 첫 아이
를 낳았을 때 그애는 나를 만나러 우리집에 왔습니다.

4

은 수 축하한다. 이건 네 결혼식에 내가 참석 못했으니까 주는 선물이고 이건 아기 옷이다. 너 참 대견하다. 아기 엄마가 됐으니.

선 우 그래. 고마워. 넌 아기 없니?

은 수 우리가 어떻게 아기를 가지니? 나 복학하려고 다시 나온 거야. 그 사람은 아직도 공부 끝나려면 멀었구 나도 그렇구. 괜히 의대를 왔나 봐. 6년이 왜 이렇게 긴지 몰라. 이제 겨우 두 학년 마쳤으니 언제 졸업하니? 넌 벌써 대학원을 마쳤는데 말이야.

선 우 신랑은 잘 있니? 공부도 잘 되구?

은 수 이제 박사과정 들어갔어. 학교를 다시 옮겼거든. 그래서 아직 완전히 적응도 안 되고 공부할 게 너무 많아서 연구소에서 잘 때도 있고, 하여튼 여러 가지로 힘든데 내가 있으니까 공부도 방해되고 해서 왔어. 아무리 남편이래도 아직 공부하는 중이니까 눈치도 뵈고. 네가 참 부럽다. 아기 있는 게 젤 부럽구.

선 우 곧 너도 아기를 갖게 되겠지. 난 키울 일이 아득하기만 해. 내 한 몸도 잘 꾸려나가지 못하는데 또 한 사람을 책임져야 한다고 생각하면 너무 겁없이 아일 일찍 낳았다 싶어.

은 수 행복한 소리 좀 그만해라. 난 언제 너만큼 되니? 이제 학생 부부고 헤어져 있어 만날 날이 아득하고.

선 우 그래도 너 사랑 한번 열렬하게 한다. 태평양을 넘나드는 국경을 초월한 사랑 아니야. 난 그런 정열적인 사랑 좀 해봤음 좋겠다.

은 수 그게 좋으니?

선 우 멋지잖아. 그리고 특별하구.

은 수 너같이 사는 게 제일 좋은 거야. 난 니가 부럽다.

선 우 부럽긴, 무덤덤하지.

은 수 (말없이 웃는다)

선 우 그리고 대학에 들어간 지 꼭 십 년만에 결국 그애는 학교를 졸업했습니다. 그 후로도 여러 번 휴학을 거듭한 모양이었습니다. 의사가 되자마자 바로 미국으로 간다면서 희망에 찬 전화를 했었지요. 긴 이별이 끝나고 드디어 사랑하는 사람 곁으로 돌아간다는 사실과 이젠 아이를 가질 수 있다는 생각에 기쁨을 감추지 못했습니다. 그리고 아기를 낳으면 곧바로 편지하겠다고 약속을 했었지요.

은 수 일주일 후에 미국으로 간다.

선 우 드디어 긴 이별, 끝이구나. 행복해라. 이젠 헤어질 일 없겠지. 아기도 갖게 되고, 예쁜 아기 낳으면 소식 전해 줘.

은 수 보지도 못하고 가게 될 것 같아.

선 우 늘 그렇지. 그래도 항상 기억할게. 너만 잘 있음 그것으로 됐지 뭐. 생각나면 편지나 해라.

은 수 편지? 이젠 편지 쓰는 일 정말 익숙지 않아. 카드나 보낼게.

선 우 그래 마음대로 해. 정말 잘됐어. 이젠 맘이 놓인다. 너도 이제
서야 결혼 생활 실감하겠구나.

은 수 그래, 이제 비로소 신혼이 시작되는 거지. 잘 있어라. 아기도
잘 키우고.

5

미국에 있는 병원. 은수가 아이를 낳았고, 교수가 되어 마침 국제세미나에 참석 중이던 은성이 병원에 들른다. 무대에는 침대만 하나 두고 사실적인 장치들은 필요치 않다. 무대 한쪽에는 공중전화 부스가 있다.

은 성   은수야.

은 수   언니, 아니 언니가 어떻게 여기까지?

은 성   놀랄 거 없어. 마침 세미나에 왔다가 시간 좀 냈어.

은 수   언니가 여기까지 올 줄은 몰랐어. 이게 몇 년 만이지. 반갑다. 그리고 고마워. 엄마도 안녕하셔?

은 성   응, 요즘은 모든 게 정상이야. 다 잘 되어가고 있어. 엄마도 많이 좋아지셨어. 한참 기억력도 나빠지고 몸도 쇠약해지셨잖아. 요즘은 다시 오 년쯤 젊어지셨단다. 다 정신력 탓이지.

은 수   아기 봤어?

은 성   (무심하게) 응, 힘들었지?

은 수   나 많이 닮았어? 마취 중에 얼핏 봐서 난 생각도 잘 안 나.

은 성   물론 닮았지. 아주 예뻐. 그런데 남편은 어디 있니?

은 수 (머뭇거리다) 지금 여기 없어. 중요한 연수가 있어서 한 달간 영국에 갔어. 하지만 전화가 왔어. 연수 끝나는 대로 온다고 했어. 괜찮아. 대신 언니가 있으니까.

은 성 엄마께도 알려야겠다. 잠깐 혼자 있을래?

은 수 응.

은 성 (공중전화 쪽으로간다) 엄마, 저에요……. 네. 딸이에요. 그런데 문제가 있어요……. 굉장히 심해요……. 은수는 아직 모르고 있어요. 놀랄까봐 말하지 못했어요. 네. 너무 염려는 마세요……. 의사 선생님들에게 자세히 알아보겠어요. 네. 다시 연락 드릴게요. (심각한 표정으로 전화를 끊는다)

잠시 그대로 서서 근심에 찬 표정으로 무언가 생각한다.
담당의사 방으로 간다.

은수에게 다시 조명.

은 수 (인터폰으로 간호사에게) 아기를 좀 볼 수 있을까요?

간호사 (인터폰 소리) 아직 안 됩니다. 지금 치료 중이에요.

은 수 치료라니요?

간호사 아기가 문제가 좀 있습니다. 의사 선생님께서 이따가 회진하실 때 말씀하실 거예요.

은 수 (놀라며) 심각한가요?

간호사 글쎄요. 아직 검사해 보아야 알 수 있습니다. 정확한 결과는 며칠 걸릴 겁니다.

잠시 후 언니 등장.

은 성   불편한 데는 없니?

은 수   언니, 간호원 좀 불러줘.

은 성   왜? 어디 아프니?

은 수   아이를 보려고. 출산한 지 12시간이 지났는데 아직도 아이를 안 데려다 주잖아. 무슨 검살 받아야 한다는데 대체 무슨 일인지.

은 성   곧 오겠지. 근데, 너, 아직 아무것도 모르니?

은 수   언니 무슨 일이 있지? 아기한테 무슨 일이 있는 거지?

은 성   그래, 어차피 알아야 할 일이니까. 아기가 약간 문제가 있어. 정확한 건 아직 모른다. 검사는 며칠 더 있어야 한다니까.

은 수   도대체 무슨 일인데?

은 성   아기가 얼굴만 빼고 온몸이 종기 투성이다.

은 수   종기라구? 고름도 나고?

은 성   그래.

은 수   그렇다면. 혹시?

은 성   그래, 의사 말로는 부모 중에서 한 사람이……. 네 남편, 도대체 어떤 사람이니? 혹시 좀 생활이 문란한 사람 아니니?

은 수   그럴 리가…….

은 성   우선은 세균 감염이 문제가 되는데 출산 당시 산모에게는 문제가 없었다는 거야.

은 수   그럼…….

은 성	너희들 요즘 무슨 문제 있지? 아무리 급한 일이라고 해도 세상에 첫 아이 낳는데 얼굴도 안 내미는 아빠가 어디 있니?
은 수	그 사람이…….
은 성	너희들 사랑 한번 열렬하게 하더니 잘들 하는구나.
은 수	그만해. 아직 잘 모르는 일이잖아.
은 성	너도 의사니까 니가 더 잘 알 거 아니야?
은 수	그래도 그렇게 함부로 단정하지 마.
은 성	함부로라구?
은 수	돌아가 줘. 그만.
은 성	미안해. 하지만 너무 비관적으로 생각하지는 마라. 나중에 다시 올게.

은성은 여기저기 전화를 걸어서 상황을 설명하고 조언을 듣는다. 마지막으로 엄마에게 전화를 건다.

은 성	엄마. 저예요. 네, 말해줬어요. 아직 오지 않았어요. 언제 오는지도 정확히 모르고 있어요. 알았어요. 엄마도 너무 걱정은 마세요. 네. 다시 연락할게요.

6

선 우   오랫동안 우린 잊고 지냈습니다. 늘 그랬던 것처럼 각자 자기 일에 바빴지요. 그리고 어느날 그애의 편지를 한 통 받게 되었습니다.

선우는 편지를 보고 있고 한편에서 차분해진 은수가 등장해서 독백한다.

은 수   잘 지내고 있겠지. 네 아기도 많이 컸겠구나. 우리들이 살아가는 방식이 다르고 사는 곳이 다를지라도 각자의 삶에 있어서 최선을 다하는 한, 우리들의 생이 어느 지점에선가 만날 것이라 믿는다. 네 삶이 항상 정돈되어 있고 계획적으로 이루어지고 있는 것 같아서, 너를 보는 것은 늘 마음이 편했다. 나도 너처럼 차분하게 살고 싶다고 생각도 했지만 난 왜 그런지 잘 되지가 않았다. 나를 둘러싸고 있는 사람들이나 상황들이 날 밀고 왔다고 할 수도 있겠지만 아마도 내게 가장 큰 원인이 있겠지.
　의대를 졸업하고도 난 별로 기쁜 줄 몰랐다. 단지 이제 나를 질기게도 옭아매고 있었던 끈으로부터의 해방감밖에는 별다른 느낌이 없었다. 너무 오래 걸린 공부에 지쳐서 난 열심히 할 여력도 마음도 생기지 않았던 것 같다. 그래도 그 오래 걸린 공부 덕에 이곳에서 난 일자리를 얻었다. 일도 열심히 하고, 비교적 이곳에서의 생활에 적응해가고 있다.

너 참, 우리 언니 알지? 한국에 있을 때 지겹게 싸우고 미워하면서 지냈던 그 언니 말이야. 언니와 화해를 했단다. 요즘 같이 살고 있어. 언니는 마침 일년간 교환교수자격으로 이곳에 머물게 되어서 함께 지내기로 했단다. 언닌 마침내 자신이 만족할 만한 삶의 궤도에 자신을 올려놓는 데 성공한 것처럼 보인다. 하지만 무엇보다 좋은 일은 언니와 내가 모처럼 사이좋게 지내고 있다는 것이란다.

그리고 네게 놀라운 소식이 있다. 드디어 난 아기를 얻었다. 딸이야. 이제 삼 개월이지. 네게 편지를 띄우게 된 것도 이 아기 때문이란다. 아기 자랑하고 싶어서라구. 몇 해 전 네가 아기를 안고 있는 모습이 어찌나 평화롭고 아름답게 보였는지, 그래서 얼마나 그 모습을 꿈꾸어 왔는지 모른단다.

나도 이제 제대로 되어가는 모양이지. 난 요즘 몇 해 만에 처음으로 행복하다. 즐겁고 감사하다. 내가 한 아이의 생명을 책임지고 이루어 나가야 한다고 생각하면 가슴이 저며 온다. 내가 존재한 이래 최고의 행복감에 빠져 있다. 서른 다섯에 첫 아기를 가진 여자의 기쁨과 감격을 넌 상상하지 못할 거야. 아이가 약간 문제가 있지만 열심히 치료하고 있단다. 크게 걱정할 건 없어. 말 안 하려고 있는데 그만 이렇게 말해 버렸구나.

그리고, 또 한 가지 할 말이 있어.

난 그와 헤어졌다.

아주 흔한 멜로드라마의 여주인공처럼, 아니 혹은 조연처럼, 난 그에게서 버림받은 여자가 되어버렸다. 내가 그를 버렸다고 말할 수도 있겠지만 결국 마찬가지. 그는 더 이상 나를 원하지도 사랑하지도 않았다. 그런 그를 보는 것이 견디기 힘들고 괴로웠지만 결국 그 사실을 받아들일 수밖에 없었다. 난 그를 영원히 사랑할 거라구 생각했고 그가 없는 나의 생을 상상조차 할 수 없었지만 현실은 내게 그것이 얼마든지 가능하다는 것을 보여주고 말았다. 난 그와 헤어졌고 이 아기는 그의 선물이다. 내게 남겨진 그의 마지막 흔적.

열심히 살려고 최선을 다했고 사랑도 그랬다. 사랑을 위해서 내 인생을 걸기도 했다. 그것이 무모한 도박이 될 수 있다는 걸, 난 결코 생각해 본 적이 없었다. 그러나 내 사랑하는 이도 또한 자기 식의 사랑을 선택했고 그 선택한 방식에 따랐다.

우리들이 만나는 지점은 이제 없다. 우리는 등을 돌리고 걷기 때문이다. 그렇지만 그에게 감사한다. 내 이성의 범위에서는 상상할 수도 없었고 혼자서라면 결코 체험할 수 없었을 사랑의 열정을 경험하게 했고, 무엇보다 이렇게 소중한 선물을 남겨주었으니까 말이야.

이제는 이 아이와 함께 가는 길에 최선을 다해야겠지. 너도 내 아기와 함께 가는 길을 위해서 기도해 주렴. 안녕.

선 우 그 후 그녀의 소식은 끊어졌습니다 열심히 살려고 최선을 다했고 사랑을 위해 인생을 걸었던 은수, 어디에서든 그녀는 또 힘차게 그녀 자신의 생을 살고 있겠지요.

조용한 음악과 함께 서서히 불이 꺼진다.

— 1995년 초연.

■ 공연 연보

〈그녀에 관한 보고서〉
- 세계일보 신춘문예 당선작품
  - 한국연출가협회 주최 신춘문예 당선작 공연
  - 문예회관 소극장
  - 1995.3.26.-4.3.
  - 연출 : 손경희
  - 출연 : 이금주/전국향/김민경
  - 『세계일보』 1995.1.4. 게재

〈그들만의 전쟁〉
- 문예진흥원 찾아가는 문화활동 선정작품
  - 극단 민예 127회 공연
  - 마로니에 극장
  - 2000.1.21.-4.8.
  - 연출 : 강영걸
  - 음악 : 정대경
  - 출연 : 유영환/최승열/김희정/승의열/박영미

〈불꽃의 여자 나혜석〉
- 서울시 무대공연 지원작품
- 올해의 한국연극 베스트 5 작품상
- 동아연극상 연출상
  - 극단 산울림 94회 공연
  - 산울림소극장
  - 2000.10.17.-12.31.
  - 제작 : 임영웅
  - 기획 : 오증자
  - 연출 : 채윤일

　　　　　－ 출연 : 안석환/전국환/박호영/전수환/정소희/김남미/최윤선/
　　　　　이소영/권대혁/황수경
　　　　　－ 『한국연극』 2000년 7월호 게재

〈푸르른 강가에서 나는 울었네〉

- 제14회 국립극장 창작공모 당선작품
　　　　　－ 2004 국립극단 창작극 공연
　　　　　－ 국립극장 달오름극장
　　　　　－ 2004.11.5.-11.14.
　　　　　－ 연출 : 김진만
　　　　　－ 출연 : 전진우/권복순/남유선/한승희/이승비/이민정
　　　　　－ 『극작에서 공연까지』 2004년 겨울호 게재

〈웨딩드레스〉

　　　　　－ 극단 산야 93회 공연
　　　　　－ 인동 소극장
　　　　　－ 2005.10.22.-23.
　　　　　－ 연출 : 김학철

〈연인들의 유토피아〉

　　　　　－ 극단 산울림 123회 공연
　　　　　－ 산울림 소극장
　　　　　－ 2007.6.12.-8.12.
　　　　　－ 제작 : 임영웅
　　　　　－ 기획 : 오증자
　　　　　－ 연출 : 김진만
　　　　　－ 출연 : 전현아/이일화/이명호/민지오
　　　　　－ 『한국희곡』 26호 2007년 여름호 게재

〈헬로우 마미〉

- 동랑희곡상 수상작품
　　　　　－ 통영국제연극제 폐막작
　　　　　－ 2010.7.26. 통영시민회관

— 2010.7.30.-31. 과천시민회관 소극장
— 연출 : 김정숙
— 출연 : 정연심/제상범/이보람/김재화/조은희/이승목/허정진/
한송이/노장현
— 『한국희곡』 40호 2010년 겨울호 게재

〈누가 우리들의 광기를 멈추게 하라〉
• 서울문화재단 예술창작지원작품
— 극단 창파 20회 정기공연
— 알과핵 소극장
— 2013.10.23.-11.3.
— 연출 : 채승훈
— 출연 : 박종상/하경화/박정근/김혁종/한형민/나수아/김한아/
조수아/김영훈/한동준/이재성/조진수
— 『한국희곡』 52호 2013년 겨울호 게재

〈연인〉
• 제2회 한국 여성 극작가전 참가작품
— 극단 씨 바이러스
— 정미소 극장
— 2014.7.23.-27.
— 연출 : 이현정
— 출연 : 구시연/염순식
— 『한국희곡』 31호 2008년 가을호 게재

유진월 희곡집 · 1

불꽃의 여자 나혜석

초   판 1쇄   발행일 2003년 4월 21일
개정 1판 1쇄   발행일 2019년 7월 20일

지   은   이   유진월
만   든   이   이정옥
만   든   곳   평민사
　　　　　　　서울시 은평구 수색로 340 [202호]
　　　　　　　전화: (02)375-8571(代)
　　　　　　　팩스: (02)375-8573

　　　　　　　평민사 모든 자료를 한눈에 ―
　　　　　　　http://blog.naver.com/pyung1976
　　　　　　　이메일: pyung1976@naver.com

등 록 번 호   제251-2015-000102호

　　ISBN   978-89-7115-707-7   03800

정   가   14,000원